D+
dear+ novel
1LDK koitsuki jikobukken・・・・・・・・・・・・・・・・・・・

１ＬＤＫ恋付き事故物件

幸崎ぱれす

新書館ディアプラス文庫

1LDK恋付き事故物件

contents

1LDK恋付き事故物件……005

1DK怪異付き同棲生活……125

あとがき……226

一泊二日溺愛温泉旅行……228

illustration : 陵クミコ

1LDK恋付き事故物件
1LDK KOITSUKI JIKOBUKKEN

自宅マンションを着の身着のまま飛び出し、裏手の花壇《かだん》の隅で膝を抱《かか》えること十五分。

切れ長の瞳を伏せた千野爽磨《ちのそうま》は、半袖《はんそで》のTシャツから伸びた白い腕で自らの華奢《きゃしゃ》な身体をぎゅっと抱いて震えていた。

寒くはない。むしろ夏の夜は大して気温も下がらず、濡羽色《ぬればいろ》の髪が汗でしっとりと項《うなじ》に張り付いている。それでも震えは止まらない。

先月引っ越してきて以来、薄々おかしいとは思っていたのだ。

自分しかいないはずの部屋に他人の気配を感じたり、部屋の至るところから妙な物音が聞こえたり。

思えば入居前、この部屋だけ少し家賃が安かった。不自然に空室だった。でもきっと気のせいだ――そう自分に言い聞かせてきたものの、今夜ついにお手本のようなポルターガイストが暗闇《くらやみ》の中で巻き起こった。

部屋の電気が激しく明滅したあとプツッと消え、ピシッピシッとそこかしこからラップ音が響き、室内扉がひとりでにバタンと閉まる。もはやオバケが本当に存在するかどうかなんて議論をする余地もないほど、心霊現象のてんこ盛りだ。

「あそこに帰るのまじで無理……」

しかし悲しいことに、捻《ひね》くれた性格が災《わざわ》いして、こんなときに泊めてくれる友達はいない。

さらに残念ながら恋人もいない。整った顔貌《がんぼう》と中性的な色気に惹《ひ》かれて近寄って来る者は男女問わずいるが、そのせいで散々な目に遭《あ》ってきた爽磨は人間不信ならぬ恋愛不信なのだ。

——野宿は当然ナシだけど、ホテルに泊まるのもお金がかかるし、どうしよう。

わびしい気持ちで自分の部屋の窓を見上げたら、ふわふわと火の玉のようなものまで飛んでいる。

「大丈夫ですか?」

不意に頭上から聞こえた声に、爽磨は反射的に柳眉《りゅうび》を顰《ひそ》め、威嚇《いかく》を込めた表情で振り向いた。

視線の先ではこげ茶の髪を後ろに流した長身の男が、心配そうに爽磨を見下ろしていた。仕事帰りなのかワイシャツ姿で、ネクタイは緩《ゆる》めている。

「あ」

瞬間、二人の声が重なり、互いに微妙な顔になった。彼のことは近所の定食屋で何度か見かけたことがある。店で聞こえた会話からして、おそらく常連客だ。

爽磨も常連客になりつつあったが、先日その店の女性店員が渡してきた連絡先を「無理」の二文字ですげなく突き返して以来、足が遠のいてしまった。

もうこの店来れないな、と溜息を吐《つ》く爽磨の視界の端で、他の店員と話していた彼が「そんな言い方せんでも」という顔でこちらを見ていたのは、記憶に新しい。

「……体調悪いんですか?」

「体調じゃなくて部屋が——いや、なんでもない。あなたに関係ないです」

「部屋？」

自室の方向を見ながら言いかけて、爽磨は口を噤《つぐ》んだ。ポルターガイストなんて信じてもらえるわけがないし、話したところで目の前の男が役に立つとは思えない。

しかし男を追い払うように爽磨が腰を上げた直後、彼は例のおぞましい部屋を指差して口を開いた。

「もしかして、あの部屋？　うわ、中に八体いる……」

「ままま待て。今、何を数えた」

男が「ゆうれ」まで言いかけた瞬間、背中にぞっと寒気が走る。

「やっぱり言わなくていいですっ」

決定的な単語が出るのを阻止《そし》してから、ハタと気付く。

「もしかして霊能者みたいなやつだったり……？」

「そんなたいしたもんじゃないけど、子どもの頃から見えるし話せるから、それなりに慣れてはいますよ」

慣れている？　ああいった現象に？　一筋の光が差した気持ちで、爽磨は目をぱちぱちさせる。

——ここは素直に助けてと言うべきだ。

他人にものを頼むのも弱みを見せるのも好きではないが、背に腹は代えられない。このままだと自分の部屋に戻ることすらできないのだから。

よし、と心の中で気合いを入れる。

「あの……部屋まで送ってくれてもいいですけど」

気合いを入れて捻くれたお願いをした爽磨に、男はきょとんと目を丸くした。


「そこの三〇三号室です」

深沢大毅《ふかざわだいき》と名乗った青年を三階まで先導したものの、爽磨は部屋の前までは行く勇気が出ず、途中で彼の背中を押し出した。

大毅は苦笑して先を歩き始め、扉の前で振り返って鍵《かぎ》を要求してきた。爽磨は黙って首を横に振る。ビビりすぎて鍵をかける余裕なんてなかった、とは口に出さない。

「鍵かけてないんですか？　不用心だな」

「別にいいでしょう。一応、一階のエントランスだけは見えるところにいたけど、人の出入り自体なかったし」

普段は戸締まりに気を付けているが、今は絶賛ポルターガイスト中だ。このタイミングで侵入する勇気のある空き巣がいたら讃《たた》えてやるわ、と思いつつ、玄関からリビングへと続く薄暗い廊下を大毅の後ろについて歩く。

トイレと浴室から、待ってましたとばかりに水音がした。電気がチカチカと明滅する中、爽磨は心の中で何度も悲鳴を上げたが、大毅は特に気にする様子もなくリビングの扉を開ける。モデル体型の爽磨と比べても長身で、体格も男らしい彼は、露骨な心霊現象にも怯《ひる》まず堂々としている。ちょっと、いや、かなり頼もしい。

彼の大きな背中から離れないように、無言のまま半径十センチ以内をキープする。

——このままパッと除霊してくれないかな。

都合の良いことを考えた瞬間、部屋中の電化製品から異音が発生し、突然点《つ》いたテレビのチャンネルが目まぐるしく変わり始めた。

「ぎゃーっ、なんとかしろ！　除霊除霊！」

「ちょっと、落ち着いて」

パニックに陥《おちい》った爽磨が近くにあった大毅の右腕に縋《すが》りつくと、脳内でジジ、という電子機器の接続不良のような音が聞こえた。

ぎゅっと閉じていた目をおそるおそる開いて、爽磨は再び絶叫した。部屋の至るところに何かがいる。はっきりと人型のもの、薄ぼんやりしたもの、白い靄《もや》のようなもの——とにかくこの世のものではないことだけはわかる。

「ふぎゃーっ！」

「うわっ、今度は何……あ、もしかして見えちゃったとか？」

霊ではなく爽磨に驚いた様子の大毅に言われて、言葉もなくこくこくと頷く。彼は小さく溜息を吐いて、爽磨の目元を空《あ》いている左手で覆《おお》い隠《かく》した。

「霊感が強い人間に触れると、ごく稀《まれ》に影響を受ける人がいるんですよ。すみません、怖かったでしょ」

「うぅっ、怖くなんかない……」

半べそで反論をしたものの、縋っていた腕をそっと解かれ、目元を覆う手の平まで離れていくのを感じて、爽磨は反射的に彼の左手をぎゅっと摑む。

「へ？　俺に接触してると霊見えちゃうし、離した方がよくないですか？　触れていなければ見えないと思いますよ」

そんなことを言われても、もはや再び目を開ける勇気もないし、何より恐怖で身体が硬直して、手を離そうにも離せない。

「あー……まあ摑んでてもいいですけど。とりあえず彼らを説得するからじっとしててくださいね」

目を閉じたまま微動《びどう》だにしなくなった爽磨に、困惑しながらも手を引っぺがさないでいてくれた大毅は、霊たちに「適当なところで場所変えてくれません？」と二次会に誘導する幹事のような呼びかけをし始める。そんなことで悪霊退散できるのかと疑問に思ったが、人ならざるものの気配は徐々に消えていった。

「……深沢さん、ほんとに祓《はら》ったんですか」

大毅の手を掴んだまま目を開けても、そこにはもう何もいない。

「いや、厳密《げんみつ》には祓ってないです。俺、そんな能力ないし。悪い霊はいなかったんで、ちょっと話してお願いしたら出て行ってくれたんです」

大毅いわく、この部屋は事故物件ではあるが悪い気配はなく、悪霊の類《たぐい》もいないらしい。

ただし玄関からリビングにかけて、ちょうど霊の通り道――霊道なので、通りすがりの霊が集まりやすいという。

「さっきの霊たちも恨《うら》みがあってここにいたわけではなくて、大通りを歩いてたら仲間に会って、そのまままたむろしちゃった感じですね」

「何それ、迷惑すぎる……」

思わず頭を抱えて唸《うな》ると、気遣《きづか》わしげな表情を向けられる。

「結構派手な現象起きてたし、大変でしたね。大丈夫ですか?」

「べ、別にあのくらいどうってことないです。まあとにかく、その、助かりました。もう平気なんで」

嘘です。あんな心霊体験をした直後で、平気なわけがない。

「……いや、めちゃくちゃ震えてますけど」

「余計なお世話ですっ」

まだ心臓バクバクしてるし、一人になるのは怖いから、もうちょっとここにいてくれないかな——と内心では思っているのに、口からは正反対の言葉が出る。

——せめて気分が落ち着くまで、適当に会話を引き延ばせばよかった……！

涙目で大毅をちらっと見ては口をはくはく動かしてみるものの、素直な言葉は一向に出てこない。

爽磨が一人で葛藤《かっとう》していると、しばらくきょとんとしていた大毅の顔が、なぜか徐々に苦笑に変わっていく。訝《いぶか》るように視線を返す爽磨に、彼はふっと小さく息を吐いてテーブルの方を指差した。

「申し訳ないんですけど、霊と話して疲れたから、ちょっと休憩《きゅうけい》させてください」

「……！　勝手にどうぞ」

口ではそう言いつつ、一人にならずに済んだことに安堵《あんど》した爽磨は、冷たいお茶と間食用に買ったお菓子をいそいそと提供するのだった。

「千野さん、先月からこの霊道付き事故物件に住み始めたのか。よりによってすごいところ引いちゃったね」

「庭付き一戸建てみたいなノリで言うなよ……実家は地方だし、転職したばかりだからもう一回引っ越すのは時間も費用も厳《きび》しいし、最悪だ」

スナック菓子を口に放り込みながら互いに自己紹介を済ませたあとは、他愛《たわい》ない雑談になった。

大毅は爽磨と同い年、二十四歳の会社員で、この近所のマンションで一人暮らしをしているらしい。

「でもよく一ヵ月も耐えられたね」

「変な物音とかはあったけど、ここまでやばくなったのは今日が初めてなんだよ。ったく、絶対隣の部屋の人のせいだ——」

きっかけは間違いなく今朝《けさ》、偶然玄関先で出くわした青白い顔の隣人男性——江藤《えとう》に「その部屋、五年くらい前に事故物件になってからというもの出入りが激しいんですよ」と言われたことだ。

薄々そんな気がしていたところだったので「やっぱり」と絶望のあまり硬直していたら、じっと聞き入っていると思われたのか、無駄に臨場感たっぷりに詳細《しょうさい》を語られてしまった。

爽磨は今日一日、江藤の話が頭から離れず、夜になってびくびくしながら帰宅した。

なんとかシャワーを浴びたり夕食を食べたりと普段通りの生活を試みはしたが、一度芽生えた恐怖は時間を追うごとに増幅《ぞうふく》し、それに比例するように心霊現象もエスカレートしていった。

「あぁ、怖がると余計に集まるから」

「俺は別に怖がってない」

言い返したものの、あれだけビビり散らした後なので説得力は皆無だろう。

ちなみに江藤はただの怪談好きだったのか、語るだけ語って去っていった。嫌がらせのような悪意も、怖がらせて接点を持とうという下心もないのは無害と言えば無害だが、知りたくもない情報を知らされたせいでこの有り様《ありさま》なのだからやはり十分迷惑である。許すまじ江藤。

「まぁ、あれだけ派手にポルターガイストが起きてたら部屋にいられないよな。というか、友達の家にでも転がり込めばよかったんじゃない？　大学はこっち方面だったたってさっき言ってたし」

「……俺に友達はいない」

フンと鼻を鳴らすと、「たしかにいなさそう」と小声で呟かれた。聞こえてるぞ、と睨《にら》みつける。

「あとは恋人の家とか」

「恋人もいない」

「あ、それは意外かも。モテそうなのに」

「モテるからこんなことになってるんだ……！」

爽磨は平凡顔の両親から生まれたとは思えない美貌と謎《なぞ》の色気ゆえに、昔から身に覚えのない痴情《ちじょう》の縺《もつ》れに巻き込まれることに頭を悩ませてきた。

中でも一番参ったのが大学卒業後に就職した隣県の企業で、入社してしばらくするといつの間にか同僚と受付嬢と部長が爽磨を巡《めぐ》って水面下で小競《こぜ》り合《あ》いを始めており、昨年末ついに修羅場《しゅらば》が勃発《ぼっぱつ》した。

まさか職場でこんな地獄《じごく》が繰り広げられるなんて——と正月に帰省したときに思わず愚痴《ぐち》ったせいか、後日爽磨が転職活動を本格的に開始すると、父親が信用のおける会社の求人を紹介してくれた。両親ともに仕事人間で比較的放任主義ではあったが、社会人一年目にしてとんでもない躓《つまず》き方《かた》をさせられた息子にさすがに同情したらしい。

そして迷わず面接を受けた爽磨は無事に内定をもらい、仕事の引き継ぎを早々に終わらせて転職し、先月交通の便のいいこのマンションに引っ越してきた。

今の会社は愛娘《まなむすめ》溺愛《できあい》パパや二次元ガチオタといった恋愛沙汰《ざた》とは無縁の面子《メンツ》しかおらず、無駄なコミュニケーションも少ない。爽磨は営業職ではないので、外部と直接顔を合わせる機会もほとんどないはずだ。

「というわけで、ようやく安全な職場に腰を据《す》えることができたんだ——って、どうせ美形のモテ自慢だと思ってるんだろ。でも青春も全然エンジョイできてないからな！」

引っ越しに至る経緯《けいい》の突拍子のなさにぽかんとしている大毅をビシッと指差した爽磨は、学生時代を振り返って苦い思い出を羅列《られつ》する。

「クリスマスやバレンタインに勝手に俺とのデート権の争奪戦が勃発した挙げ句、摑み合いをする女子の真ん中に立たされただけでもトラウマ体験なのに、さらにその女に惚《ほ》れた男と俺に惚れた男が参戦してきてアグレッシブなカゴメカゴメみたいになったときの俺の気持ちがわかるか⁉︎」

　思春期を迎えた頃からずっとそんな調子だったので、爽磨は淡い恋の楽しさすら知ることもなく恋愛不信になってしまった。

　そして爽磨はもはや恋愛感情を向けられること自体を警戒するようになり、どんな告白やアプローチも容赦《ようしゃ》なく断るようになったわけだが、周囲にはそんな爽磨の姿が高飛車なかぐや姫のように映《うつ》ったらしく、美しすぎる見た目のとっつきにくさも相まって友達もできない。

　モテすぎて困るという苦労話をしたところで理解されることはなく、孤独な手負いの獣《けもの》と化した爽磨の性格はどんどん捻くれ、結果として天邪鬼《あまのじゃく》な性悪美人が形成された。

　初対面の相手へのガードを固めていても、前職のように修羅場に発展することがあるのだから、恋愛＝災厄《さいやく》としかいいようがない。

「モテすぎて恋愛不信かぁ……」

「まあ、わかってもらおうなんて思ってないけど」

　微妙な顔で呟いた大毅に気付き、爽磨は溜息を吐いた。今日は朝から色々ありすぎてつい興奮してしまったが、赤の他人にこんなことを言っても仕方ない。

　目の前の男はイケメンの部類ではあるが、あんな心霊現象にも動じないほど精神的にタフで雰囲気も健康的だし、痴情の縺れに強制参加させられるようなタイプではない。

一連の会話からも当然爽磨のような友達ゼロ臭《しゅう》はなく、それなりになんでも上手《うま》くやる印象だ。爽磨の悩みなど失笑されてしまうかもしれない。

虚《むな》しくなって顔を逸《そ》らすと、大毅は目を瞠《みは》り、困ったように眉《まゆ》を下げてこちらを見つめてきた。

モテ自慢だと呆《あき》れるわけでも、わかったふりをして慰《なぐさ》め口説《くど》くわけでもない。そんな反応をされたのは初めてで、嫌な感じはしないけれど、少し居心地が悪い。

「……なんだよ」

「ん？　あぁ、なんでもない」

じろっと睨み返すと、頰を掻《か》いた大毅は瞬《まばた》き数回のうちに気を取り直し、不意に部屋の一角の段ボール箱に視線を移した。

「それより千野さん、あれ荷解きしないの？　片付けはちゃんとした方がいいよ」

すぐに使わない雑貨の荷解きは面倒で後回しにしていたが、「部屋が汚いと霊が寄り付きやすくなるよ」と言われた途端、爽磨はきびきびと荷解きを始めた。

大毅も何かと手伝ってくれたおかげで荷解きだけではなく、ポルターガイストで散らかった部屋もあっという間に片付いた。

——霊も追い払ってくれたし、荷解きも手伝ってくれるなんて親切なやつだな。

すっきりした部屋で一段落して気が緩み、二人でのほほんとお茶を啜《すす》っていたが、爽磨はふと首を捻った。いや、親切すぎないか？

「――じゃ、俺はそろそろ帰るけど、これ、一応俺の連絡先な。あと、寝室は霊道が通ってないから、緊急時は寝室に避難しなよ」

アフターフォローまでばっちりだ。怪しい。

心霊現象を解決してくれた恩人に対して申し訳ないとは思うが、爽磨はメモの切れ端に連絡先を書いて渡してきた大毅を警戒気味に見やる。

「……こんなこと言うのもなんだけど、深沢さん、まさか俺に惚れてるんじゃないよな？」

「は？」

「だって妙に親切だし……非常事態だったから部屋に招き入れたけど、変な気起こすなよ」

急に疑いを掛けられた大毅は完全に予想外だったらしく「はああ⁉」と目を見開く。

「千野さんが霊にビビってるから仕方なく助けただけだよ。綺麗な顔だとは思うけど、そんなんで恋に落ちるほど恋愛体質でもないし……。大体、俺が変な気を起こすような危険人物なら、部屋に招かれた時点で行動に出てるだろ」

そう言われてみるとたしかに、下心があるやつはこんなに部屋でまったりとお茶を啜ったりしない。呆れたように言う様子からも、爽磨への色欲をまるで感じないし、それどころか出来の悪い親戚《しんせき》の子どもを見るような顔をされる始末だ。

経験上、爽磨の人当たりの悪さを気にせず親切にしてくる相手には大抵下心があったので、つい疑心暗鬼になってしまったけれど、自意識過剰《かじょう》だったかもしれない。ばつが悪くなった爽磨は八つ当たり気味に鼻を鳴らす。

「ふん、そうなったら護身用のスタンガンの餌食《えじき》にしてやる――ええと、たしかこの辺に……あれ？　どこやったかな」

変態対策に購入したスタンガンを探して棚を漁《あさ》っていると、背後から深い溜息が聞こえた。

「やっぱり、薄々気付いていてたけど、ダメだこの人……」

「なんか言ったか？」

「いや――親切にするのに理由がいるなら、友達だからってことで。乗りかかった舟だし、何かあったら連絡して」

「は……？」

予想外の発言に爽磨が目を丸くしているうちに、彼はあっさり帰っていった。

――友達って、なんだよ。変なやつ……。

でも、悪い気はしない。慣れない手つきでスマホに大毅の連絡先を登録しかけたとき、不意にインターホンが鳴った。

「忘れ物か？」

首を傾《かし》げながら扉に向かい、なんとなくドアスコープを覗いて、爽磨は小さく悲鳴を上げた。

――誰もいない……⁉

思い切って扉を開けてみたが、外の廊下に人影はない。瞬間、背筋を寒気が駆け抜ける。心霊現象は終わっていなかったのだ。

「やばい、ドア開けちゃったし部屋の中に入られたかも……いや、霊だから開けなくても入れるのか……？」

咄嗟《とっさ》にスマホを手に取り、指を動かそうとして止まる。

何かあれば連絡してとは言われたが、気軽に連絡を取り合う相手などいたこともなかったので、こういうとき何と言って連絡すればいいのかわからない。

「ど、どうしよう……」

嫌な音を立てる心臓を押さえながら、スマホを持ったまま寝室のベッドに丸くなる。シーツに包《くる》まって登録途中の連絡先を眺め、爽磨はぶり返してきた恐怖で眠れぬ夜を過ごす羽目になったのだった。

＊＊＊＊

なりゆきで変な人と友達になった。

行きつけの定食屋の店員を振ったのを見たときは随分《ずいぶん》と性悪な美形だと思ったが、先日は状況が状況なだけについ気にかけてしまったのだ。心霊現象では対処できる人が限られているので仕方ない。

「あれから連絡来ないけど、あの人あんなんで大丈夫なのかな……」

気が強そうだし下手《へた》に親切にしてずけずけ命令されたりしたら嫌だな——という大毅《だいき》の危惧《きぐ》とは裏腹に、実際は半べそをかきながら大毅の手を掴むわ、ぷるぷる震えながら平静を装うわで、予想外の姿にうっかり世話を焼いてしまった。

『まあ、わかってもらおうなんて思ってないけど』

そう言ったときの彼が妙に寂しそうで、幼い頃に霊が見えることを誰にも理解してもらえず膝を抱えていた自分と重ねてしまったというのもある。

しまいには大毅を警戒しながら尻をこちらに向けた隙だらけの体勢でスタンガンを探すトロくささまで見せられて、放っておくのも忍びない気持ちになり、気付けば友達宣言をしていたのだが。

「うわ、大丈夫じゃなかった」

残業終わりの帰り道、大毅は今まで思い浮かべていた人物が先日と同じ花壇に腰かけているのを発見し天を仰《あお》いだ。

着の身着のままだった前回と違い、今回はスマホを持ち出したようで、画面を見つめながら唸っている。スマホを握りしめて眉間《みけん》に皺《しわ》を寄せる姿すら悩ましげで、危うい雰囲気が滲《にじ》み出《で》ている。

——あれはやばい。俺でもわかる。

大毅はなんとなくの流れで女性とも男性とも付き合ったことがあるが、毎回「いい人だけど淡白すぎる」と言われて振られるくらい、恋愛にのめり込めないし性欲も薄い。

だから爽磨《そうま》と部屋で二人きりでも何も感じなかったわけだが、そんな大毅でも今の爽磨が客観的に見て危険なのはわかる。なぜなら道の反対側から、鼻の下を伸ばした中年男性が彼に接近しつつあるからだ。

よく今まで無事だったたな、と溜息が漏れる。

「千野《ちの》さん、夜道でそんな姿晒《さら》してたら変質者ホイホイになっちゃうよ」

中年男性をひと睨みで牽制《けんせい》してから爽磨に近付き声を掛けると、驚いた彼がスマホを落とした。

「急に出てくるなよ」

牙を剝《む》いたネコ科の動物のような警戒顔でこちらを向いた彼の目の下は不健康に黒い。また心霊現象に悩まされて寝不足なのは明らかだ。

——なんで連絡してこなかったんだ？

拾い上げたスマホの画面には大毅の連絡先が表示されている。通話ボタンを押すだけなのに、何をあんなに唸っていたのか。

「別に深沢《ふかざわ》さんを待ってたわけじゃないからっ」

スマホを引《ひ》っ手繰《たく》るように受け取ってそっぽを向いた爽磨を見て、ようやく合点がいった。

――どう連絡すればいいかわからなかったのか。

たしかに「霊が怖いから助けて」なんて言う素直さを彼が持ち合わせているとは思えないし、親しくもない大毅を呼び出す適当な口実も友達ゼロの彼には考えつかなかったのだろう。

捻くれた性格もここまでくると気の毒に思えてきて、彼が自滅する前になんとかしてやらなくてはという気になってしまう。

「あー、もう、そんなに隈作《くま》って……。俺から連絡すればよかったか。とりあえず部屋に行こうな」

「俺は連絡くれとも来てくれとも言ってないぞ」

「はいはい。俺、喉渇《かわ》いて自分の家まで持ちそうにないから、何か飲み物くれない？」

「……そこまで言うなら仕方ないな」

大毅からしたら無駄でしかないやりとりをしつつ、先程の中年男性が完全に撤退《てったい》したのを確認してから爽磨の先を歩き始める。

どうして俺がここまで他人を世話しなきゃならないんだという考えが頭を過《よぎ》ったものの、背後からあからさまに安心した「ほっ……」が聞こえてきて、ちょっと笑ってしまった。

彼の部屋に入ると、心霊現象はばっちり再発していた。さすが霊道だ。

具体的には深夜に無人のインターホンが鳴ったり、トイレから不気味な水音がするようになったらしい。インターホンは今のところ鳴らないので正体がわからないが、トイレにはこの世のものではないものがしっかりお住まいだった。

「あぁ、いるね。霊って生きてるときと違って食事も排泄《はいせつ》もできなくなるから、生を思い出したくてトイレに入るやつがたまにいるんだ――ん？」

トイレの扉を開けようとする大毅の横に、爽磨が覚悟を決めた顔でぷるぷる震えながら立っている。

「千野さんはリビングで待っててていいよ？」

怖いのかと聞くと絶対に「怖くない」と言い張るのでやんわりと退却《たいきゃく》を勧めると、彼は気まずそうに髪を掻き上げて呟いた。

「いや、一応俺の家のことだし……それに深沢さんだって一人じゃアレだろ」

意外な一言に、大毅は目を瞬《しばたた》かせた。

爽磨自身が一人で怖い思いをしたから、お前も一人じゃ怖いだろ、と言いたいらしい。大毅としては今さら怖いも何もないのだが、彼は律義《りちぎ》に心配してくれているようだ。

「何笑ってるんだ」

堪《こら》えきれずに噴き出したら、怒った彼にツーンと顔を逸らされた。彼のことを何も知らない頃だったら冷たく見えたであろう仕草だが、今は拗《す》ねた子どもみたいで微笑《ほほえ》ましい。

「じゃあ、傍《そば》にいてもらおうかな」

「なんか馬鹿にされてる気がするんだけど」

むっとしながらも後ろにいてくれる彼は、トイレの扉を開ける大毅に目を閉じたまま問うてくる。

「……霊、いる？」

「オッサンの霊がいる。悪霊じゃないから大丈夫。亡くなったことを自覚するのが遅くて、四十九日を過ぎても彷徨《さまよ》っていただけみたい」

説明する大毅の腕に爽磨が触れる。彼は大毅に接触しないと霊が見えないので、自分の目で確認するつもりらしい。

背中越しにおそるおそるトイレのオッサン霊を覗いた彼は、すぐにきゅっと目を閉じて大毅の背後に戻っていった。

「怖いなら見なければいいのに……」

「怖いわけじゃない。ただトイレにいるところをあんまり見られたくないだろうと思って気を遣っただけだ」

後ろで屁理屈を捏《こ》ねる彼にハイハイと返し、オッサン霊に状況を話すと、霊はあっさりと出て行ってくれた。

「あのオッサン、多分成仏《じょうぶつ》近いな。輪郭《りんかく》ぼやけてたし」

大殺の力では成仏させることはできないが、幸い会話の通じるタイプだったので神社仏閣《じんじゃぶっかく》の方角を案内しておいた。あとは自力で頑張ってもらうしかない。

オッサン霊を見送る大殺の隣で、爽磨は小声で「オッサンが早く成仏できますように」と囁いてそっと手を合わせている。この霊のせいで隈を作る羽目になったはずなのに、彼は変な方向にお人好《ひとよ》しのような気がする。

——言動は捻くれてるけど、悪い人じゃないんだよなぁ。

威嚇気味のときは顔が整っている分それなりに威圧感《いあつかん》があるし、性格がきつくてとっつきにくい美形という印象が強かったが、心霊現象というイレギュラーがきっかけで彼の警戒心の第一関門を突破してしまってからは、徐々に人間的な可愛《かわい》げのようなものが見えてきた。

「千野さん友達いないって言ってたけど、もっとそういうところ出していけばいいのに」

爽磨は本来、人が嫌いなわけではないはずだ。

最初の日も、大殺が「少し休憩していく」と言ったら、口調は素《そ》っ気《け》なかったものの田舎《いなか》のおばあちゃんかってくらいお菓子やつまみをかき集めてもてなしてくれたし、今日だって愛想はゼロだけど冷蔵庫から大量のジュースとデパートのお菓子が出てきた。

前回来たとき冷蔵庫の中はシンプルだったことと、さっきまで彼が外でスマホを睨んで唸っていたことから考えて、今日のおもてなしは大毅を呼ぶために迷走した結果なのだろう。そう考えるといじらしい。

「……別に無理にわかってもらおうとは思わないし」

ケッと綺麗な鼻筋に皺を寄せる爽磨は不機嫌を装っているが、よく見るとどこか寂しそうだ。それに気付いた大毅は、失言だったかと頭を掻く。

思えば自分だって、昔は霊感のせいで人間不信気味になった時期があった。本人にしかわからない苦悩だってあるんだから、他人が勝手な物差しで測ってとやかく口を出すものではない。

「ごめん。ちょっと無責任なこと言った。俺は今の千野さんのことも否定する気はないよ」

本心からそう伝えると、爽磨はきょとんとしたあと決まり悪げに目を逸らした。

「さて、もう時間も遅いし、あんまり喋《しゃべ》ってると両隣の部屋にも申し訳ないから帰るよ」

一応気を遣った大毅に、爽磨はうろうろと視線を彷徨わせる。

「……このマンション、そんなに壁薄くないからそこまで気にしなくていいし」

「それもそうか。この前ポルターガイストで千野さん絶叫してたけどクレーム来なかったもんね」

「絶叫なんてしてない」

ニヤッと笑いながら揶揄《からか》う大毅にムッとして言い返してきた彼だが、その勢いはすぐに失《う》せ、再び落ち着きなく時計と玄関を交互に見始める。

「帰るなら帰れば」

つっけんどんな言葉も心許《こころもと》ない声色だ。

――なんだ……？

野生動物の思考を研究する学者のような気分で首を捻り、大毅はハッと閃《ひらめ》いた。夜中のピンポンだ。トイレの霊に気を取られていたけれど、無人ピンポンはまだ解決していなかった。

「あー……なんか眠いし、家に帰るの面倒になってきたな」

大毅の大きな独《ひと》り言《ごと》に、爽磨がちらりとこちらを見て、そのあと何か悩み始めた。先日も大毅が親切にしただけで警戒していたし、他人と同じ屋根の下で一晩過ごすことに抵抗があるのかもしれない。

「寝床はリビングの床でいいから、朝まで寝かせてくれると助かるんだけど。寝起きはいい方だから、無人ピンポンが鳴ったらすぐ飛び出すし」

付け加えた言葉に、爽磨の表情が少し明るくなる。

泊まったところで大毅にメリットはないが、ここまできたら世話を焼ききってしまわないとすっきりしないので、最後にもう一押しする。

「友達なら家に泊まるのも普通だし、そこでトラブルが起こったら協力するのも普通だよ。不安ならこれ持ってればいいじゃん」

そう言って部屋に置いてある護身用のスタンガンを手渡すと、彼は耳を赤くして視線を逸らした。

「……友達って、本気だったのか」

「もう二回も部屋に来てるし、一緒にお菓子食べて雑談もしてるし、立派な友達だよ」

この数日間、誰にも頼れず隈を作った彼をとりあえず寝かせようという一心で言い募《つの》る。

「そっか、そういうもんか……」

少し強引な理屈だったかと危惧《きぐ》したが、友達の経験値が極端に低い爽磨は納得してくれたらしい。

数秒間、何かを噛みしめるように目を閉じた彼は、小声でぼそぼそと言葉を続ける。

「リビングのフローリング硬いし、寝室のカーペットの上くらいなら来てもいいけど。あと、タオルケットの予備はここで、枕になりそうなクッションは――」

友達効果なのか、爽磨はいそいそと大毅の寝床を用意し始める。寝室には入れてもらえるようだ。

「――じゃ、おやすみ」

交代でシャワーを済ませたあと部屋着まで借りた大毅は、ほぼ布団と同レベルの寝床をセッティングしてくれた爽磨に礼を言ってから横になった。彼が無駄に身構えると可哀想《かわいそう》なので、余計な動きや会話はせずに黙って目を閉じる。

「……友達泊めたのなんて、小学校以来だ」

夢と現実の狭間《はざま》で、嬉しさの滲んだ声が聞こえてきた。一晩泊まる程度でこんなに安心して喜んでくれるなら、友達になってよかったかもしれない。大毅は夢の中で微笑む。

両者ともそこそこ幸せなお泊まり会となったおかげか、深夜のピンポン現象は起こらず、二人は朝までぐっすり眠ったのだった。

＊＊＊

自分から連絡できなかった爽磨《そうま》のダメっぷりに同情したのか、大毅《だいき》は「どうせ通り道だから」と言っては、仕事帰りに爽磨の部屋を訪れるようになった。

心霊現象という突飛かつ自力ではどうにもできないことがきっかけで知り合ったせいか、絶対に他人を入れない部屋に招き、通常ならばっさりお断りするであろう友達宣言なども気付いたら受け入れていた。先日なんてうっかりお泊まり会になってしまった。

——男同士の友達って、こういう感じだったかも……！

最初は友達などと言われて戸惑ったものの、同い年で同性の友達と気負わず過ごす時間は悪くない。

「あぁ、こりゃ首吊《つ》ってるね」

ほのぼのとした回想をしながら大毅を部屋に迎え入れたら、開口一番にそんなことを言われて爽磨は反射的に飛び退《の》いた。

たしかに最近玄関のドアノブが触れてもいないのにキイキイ鳴るし、ドアの開閉をするときも妙に重いことがあった。

「ひ――っ」

後ろに立っていた大毅に抱きとめられたことで彼と接触して霊を直視してしまい、爽磨は声にならない悲鳴を上げて腰を抜かす。

【驚かせてしまってすみません。僕はドアノブで首を吊ってドアをひたすら重くすることしかできない無力な霊なので、お気になさらず……】

「いや、気になるわ！」

全身の毛を逆立《さかだ》てるように威嚇態勢をとる爽磨に、すまなそうな顔で「原田《はらだ》と申します」と名乗った霊は、若い会社員風の姿だった。ネクタイを玄関のドアノブに引っかけて首を吊っているスタイルでの登場は斬新《ざんしん》すぎる。

「うーん、原田さんが無害なのはわかるけど、住人が怖がっててさ」

「こ、怖がってはいない」

霊を説得し始めた大毅の不名誉な説明に、彼の腕に触れているのと反対の手でぺしぺし叩くが無視される。

【そうですか。たまたま先日ここに辿《たど》り着《つ》いて、つい居着いてしまいましたが、僕がいても彼を怖がらせるだけですね……。僕は生きていたときから、何の役にも立たない人間でしたから。すみませんでした。他の場所を探します】

オバケは怖いのに、大穀に触れているところが温かくて心に余裕ができたせいか、爽磨は原田が寂しそうな表情をしていることに気付いた。

「……出て行く前に話くらいなら聞いてあげてもいいけど？」

「え？」

原田と大穀が瞳を丸くして同時にこちらを見た。そんなに変なことを言っただろうか。

「そりゃびっくりはしたけど、よく見たらちょっと首吊ってて全体的に色がモノクロなだけで姿かたちは普通の人間と同じだし、深沢《ふかざわ》さんの反応からして危険な霊ではないんだろ？　それなら愚痴でも聞いてやった方が早く成仏できるんじゃないかと思ったんだけど」

「……家主がこう言ってるし、いいんじゃない？」

苦笑した大穀に促《うなが》された原田は、数秒間沈黙してからぽつぽつと生前のことを話し始めた。

【僕はとある会社の経理をやっていて――】

結論から言うと、原田はパワハラ上司から横領の罪を着せられ、耐え切れずに自殺してしまった。上司はその後逮捕《たいほ》され、地位も貯金も家族も失って、しっかりどん底の人生を歩んでいるらしいが、原田は命まで絶ったのだ。さぞ無念だろう。

【死ぬくらいなら辞めればよかったのにとか、告発すればよかったのにとか、死んだあとに聞

こえてきたけど、あのときは怖くて苦しくてどうにもならなかったんですよね】

「でもそう言うやつに限って、生きてるときは『もう少し頑張れ』とか『お前の勘違いじゃないのか』とか言ってくるんだろ。所詮《しょせん》は他人事《ひとごと》だから」

爽磨が相槌《あいづち》を打つと、原田は「そ、そうなんです！」と激しく頷いた。

【僕の上司は外面《そとづら》がよかったので誰にもわかってもらえなくて……】

爽磨の一言で、初めて誰かに愚痴を言う気になったらしい原田は、飲み屋で友人に語るかのように当時の不平不満を吐き出し始めた。

爽磨も重さは違えど多少は共感できるところがある。

モテすぎて恋愛不信なんてまず理解されないし、反感を買うことすらある。修羅場に巻き込まれた爽磨が退職するときでさえ「本当に嫌なら相手をセクハラとかで訴《うった》えればよかったのに」などと言う外野がいた。

ドラマや漫画のように厄介《やっかい》な輩《やから》を一掃《いっそう》できたら理想的だが、実際にそんな気力と時間と金のある社会人は少ない。自分が異動なり転職なりする方が効率的だ。

【三角錐《すい》って下から見ると丸で横から見ると三角形じゃないですか。それと同じで、人や物事も見る角度によって全然違う形をしていたはずなんですよね。僕は気付いたときには足が竦《すく》んでしまっていて、他の方向から見ることもできなかったし、僕と同じ方向から見ようとしてくれる人とも出会えなかったですけど】

原田は後悔を滲ませつつ、言葉にして口に出すことで自分の気持ちを整理しているようだった。

もし生前の原田の心に、ほんの少しでも歩み寄ってくれる人がいたら、彼の人生も違っていたのかもしれない。

そんなことを考えて切なくなって俯《うつむ》いていたら、大毅の右腕に触れている爽磨の手に、彼の左手が重なった。顔を上げると「大丈夫か？」という表情の大毅と目が合う。急に俯いた爽磨を心配してくれたらしい。

問題ない、と頷き返しながら、ハタと思う。

大毅は人当たりがいいとは言えない爽磨に愛想をつかすこともなく、こうして気にかけてくれるけれど、逆に爽磨は自分のことでいっぱいいっぱいで、全然彼のことを気遣えていない気がする。

爽磨は今さらながら小さく反省した。

大毅は見た目も「クラスに一人はいるイケメン」といった感じで、性格も普通の好青年なので忘れかけていたが、霊感持ちという特殊な体質の持ち主だ。霊が現れても平然としているため、ここまであまり気にせずにきてしまった。

しかし彼だって一般人には理解できない心霊現象に悩み、ときに理不尽な思いをした経験もあるだろう。

そもそも霊感の強い大毅がこの霊道付き事故物件に出入りして心身に悪影響はないのだろうか。たとえ自分の友達スキルがゼロでも、そのくらい配慮すべきだったのではないか。

——あとで確認しないとな。

内心で反省やら決意やらをしていたら、いつの間にか大毅から妙に優しい眼差《まなざ》しを送られていた。なんだかそわそわする。

【——お二人に話したらなんだかすっきりしました。今まで聞いてくれる人もいなかったし、話そうという気力も湧きませんでしたから】

それからひとしきり三人で話したあと、原田はふわっと空中に浮かび上がった。

【唯一《ゆいいつ》の心残りは親不孝をしてしまったことなので、少しだけ実家で過ごしてから成仏に向けて頑張ろうと思います】

すうっと玄関の扉を通り抜けようとした彼は、ふと振り返って頭を下げる。

【あの、腰が抜けるくらい怖がらせてしまってすみませんでした】

「腰抜かしてなんかないから！」

そう言いつつまだ立てない爽磨が吠《ほ》えると、原田は楽しそうに笑い、軽く会釈《えしゃく》して消えていった。

「……あのね、千野《ちの》さん。今回の原田さんは善良なタイプだからよかったけど、本当は霊がいても無視するのが一番なんだからね。世の中には悪い霊だっているし、あんまり同情とかしない方がいいよ」

原田を見送ったあと、リビングに入るなり腕を組んだ大毅にお説教モードで諭《さと》され、爽磨は口を尖《とが》らせる。

「霊だって元は人間なんだから、見えちゃったからには無視しにくいだろ」

「うわ、出た……斜《なな》め上のお人好し」

「はあ？　お人好しってなんだよ。嫌味か？」

「無自覚だし。しょうがない人だなぁ」

性格が捻くれていることくらい自覚してるわ――と顔を顰《しか》めてやったが、彼が目を細めてこちらを見つめてくるので肩透かしを食らった気分になる。

「というか、お人好しは深沢さんだろ。霊が出るたびうちに来てくれてるけど大丈夫なわけ？」

「へ……？　あぁ、そんな心配そうな顔しなくても平気だよ」

先程気になったことを尋ねると、大毅は一瞬目を丸くしたあと、なぜか頬を緩めた。なんだその反応は、と爽磨は目を眇《すが》める。

「本当に？　もし嘘だったら、二度とこのマンションの敷居を跨《また》がせないからな」

もし無理してるならもうここに来ない方がいいのでは――と言いたかったのに、つい癖《くせ》で高圧的な言い方になってしまった。

俺は友達を気遣うことすらできないのか……と項垂《うなだ》れた爽磨だが、大毅は気分を害した様子もなく、口元を押さえて「気遣いすらツンデレかよ」とよくわからないことを呟いている。

「ふふ、大丈夫だって。昔は嫌な思いをしたこともあったけど、大人になってからは霊感も結構コントロールできるようになったから。気にしてくれてありがとな」

白い歯を見せた大毅の声はどこか嬉しげだ。真意が伝わった安堵と照れくささで、爽磨は視線を泳がせた。

「そっか。まあ、なんだ、もし深沢さんの家に霊が出たときは俺を呼んでもいいぞ」

そっぽを向きながらも友達らしいことを言ってみたら、大毅はとうとう噴き出した。

「ははっ、何それ、そんなこと初めて言われたんだけど。心強《づ》ぇ」

馬鹿にされたのかと思ったが、くつくつと肩を震わせる大毅は存外幸せそうで、目尻を垂らした笑みを浮かべて頭を撫《な》でてくる。

「なんだよ、やめろって――」

さすがに気恥ずかしくなって抵抗しようとしたら、文句の声量よりも大音量で腹が空腹を訴えた。爽磨は顔を赤くして大毅を睨む。八つ当たりである。

「どっか食べに行こっか。この近所だと――」

「どこでもいいけど、あの定食屋は嫌だぞ」

店自体が嫌というわけではないが、自分が振った女性店員がいたら気まずい。あらかじめ却《きゃっ》下《か》しておこうと口を開くと、大毅はあっさりと首を横に振った。

「彼女ならもういないよ。千野さんに振られた日が最終出勤日って言ってたし」

「え……」

自分がきつい断り方をしたから辞めてしまったんだろうか。自責の念で顔を曇らせた爽磨に、大毅は苦笑して言葉を続ける。

「挨拶《あいさつ》しに来てくれたから知ってるけど、彼女は大学の研究が忙しくなるから、あの日でバイト辞める予定だったんだよ。だから勇気出して千野さんにアタックしたんだと――って、そんな顔するくらいならもっと優しく振ればよかったのに」

あの日は近くの席に座った客からもちらちらと視線を送られていたせいで、爽磨はすっかり威嚇態勢に入っていた。

それゆえ彼女に対しても「無理」の二文字で断ってしまったけれど、少し冷たかったかもしれない。でもやんわり断るとストーカー化するやつもいるし――と罪悪感と警戒心が胸の中でせめぎ合う。

苦い気持ちで俯いた頭に手を置かれ、ぽんぽんと二回叩かれる。

「暴言吐いたとかでもないんだから、責めてるわけじゃないって。彼女自身、一目惚れで玉砕《ぎょくさい》覚悟だったみたいだし、あのあと店長の息子さんといい感じになったらしいから心配ないよ」

窺《うかが》うように顔を上げると大毅の笑顔があって、不覚にも安心してしまう自分がいた。

「大学時代の同級生が働いてる創作居酒屋なんだけど」

そう言って案内された駅前のこぢんまりとした店はなかなか小綺麗だった。

「お、大毅じゃん。いらっしゃ――」

木の温《ぬく》もりを感じさせる和モダン調の店内に足を踏み入れた二人を出迎えてくれた大毅の知人と思《おぼ》しき男は、爽磨を見るなり一時停止し、顔を赤らめてポーッとなった。次いで客や店員が爽磨に見惚《みと》れ始め、ざわざわと黄色い声が上がる。

「うわ、視線吸引機かよ……」

「……もう慣れた」

ぎょっとする大毅に溜息混じりに答えると、彼は爽磨の頭をひと撫でして一歩前に出た。爽磨を背に隠したままてきぱきと個室へ案内するように言ってくれた彼に、ひそかに安堵する。

「――さっきはすみません、大毅がとんでもない美形を連れてくるもんだからびっくりしちゃって」

シンプルな建て付けの個室に落ち着いたところで、先程の店員の男がおしぼりを持ってきた。

爽磨がまだ少し警戒気味に見やると、大毅の注文を復唱した彼は頭を掻いて謝った。

「そう言いつつ、まだちょっとテレテレしてんじゃねーよ、耕史《こうし》」

店員――耕史の表情は、爽磨一人のときだったら確実に睨みつけて威嚇していたであろう鼻の下の伸び具合だったが、今は大毅が一緒だから大丈夫だ。大毅に突っ込まれて叱《しか》られた犬のような顔になった耕史に、爽磨は徐々に肩の力を抜く。

「ごめんって。つい面食いの血が騒いで——でも俺がこの席に注文取りに行くときなんて、他の店員がＬＩＮＥのＩＤ渡してくれって群がってきて大変だったんだぞ」

「ここの店長、そういうの厳しいんじゃないのかよ。だから千野さん連れてきたんだけど」

「当然、全員もれなく怒られたよ。だからもう、こういうことはありません！」

客と仲良くなること自体は構わないが、浮《うわ》ついた態度での接客は別だし言語道断、と一喝《いっかつ》されたらしい。

今後はこの店では店員からの望まぬアタックはないと思ってよさそうだ。個室もあるし、常連になれる店ができるのはありがたい。大毅がそこを考えてこの店に連れてきてくれたのも、少し気分がいい。

「でも、二人はどういう知り合いなんだ？　同僚？」

首を傾げる耕史に、大毅が「友達」と答える。爽磨はこそばゆくなって頬を掻いていたが、彼らの砕けた会話が進むにつれて変なところにもやもやし始めた。

今までなんとも思わなかったのに、耕史のことは名前呼びで、爽磨のことは名字に「さん」付けで呼ぶのが急に気に食わなくなってきたのだ。

俺も彼も友達という同じカテゴリなら、俺のことも名前で呼べばいいのに——とは言えないので、爽磨はむすっとした自分の顔をおしぼりで隠す。

「じゃ、注文間違えるなよ、耕史」

「大毅の分は間違えるかもだけど、千野さんの分は間違えないようにする」

個室から出て行く耕史を見送る大毅をおしぼりの隙間から眺めていると、彼は突然研究者のような難しい表情で何事か考え始め、すぐに閃き顔をこちらに向けた。

「千野さん、これから爽磨って呼んでもいい？」

「……俺、お前きらい……」

第六感が鋭いせいか、大毅は勘がいい。子どもみたいな理由で拗ねていたのを悟られて、いたたまれなくなった爽磨がテーブルに突っ伏すと、声を上げて笑われる。

「いいじゃん、友達だし。ね、爽磨」

「……っ、大毅、うるさい」

やられっぱなしは癪《しゃく》だとばかりに自分も彼を名前呼びにしてみたものの、よりいっそうにこにこされてしまい、爽磨は耳を赤くして不貞腐《ふてくさ》れるしかなくなった。

そうこうしているうちに耕史が二人分のビールと出来立ての料理を数皿持ってきた。配膳を済ませた彼は嬉しそうな大毅と膨《ふく》れっ面《つら》の爽磨を交互に見て、不思議そうに首を傾げて個室から出て行った。

「よし、爽磨、乾杯。ここの料理はどれも絶品なんだ。このジャンボつくねとか熱いうちに食べた方が美味《おい》しいよ、ほら」

そっぽを向いたままの爽磨に構うことなく、勝手に乾杯した大毅は出された料理を切り分けて、まるで機嫌を取るように爽磨の口元まで持ってくる。

「餌付《えづ》けしようとしてんじゃねーよ」

「友達なら食事のシェアくらい普通だって」

これをシェアというのかどうかは定かではないが、友達だからと言われると振り払う気にもなれない。

まあ、そういうもんか、と深く考えるのを諦《あきら》めた爽磨は「あ」と口を開けたのだった。

今日の会計は、割り勘にしようとする大毅を撃退して爽磨が払った。心霊現象の対応から友達付き合いまでいろんなことに対する礼だ——とは意地でも言わなかったけれど。

——なんだか気分がいいな。酒が旨《うま》かったからかな。

ほろ酔いで帰宅した爽磨の頭には自分を「爽磨」と名前呼びする友達の顔が浮かび、倒れ込んだベッドの中でくふくふと笑いながら眠りについた。

＊＊＊

爽磨《そうま》と食事に行った日から一週間ほど、大毅《だいき》は会社の繁忙期《はんぼうき》で立て込んでいた。

——爽磨、大丈夫かな。

彼だって成人男性だ。放置したところで死にはしないだろうけれど、かつて心霊現象が起きても大毅に自分から連絡できず隈を作っていた実績があるので安心はできない。

というのは建前で、最近なぜだか彼を放っておけないのだ。

一見捻くれた性格なのに根は優しくて、名前で呼んだだけで耳を赤くして喜びを滲ませながら不貞腐れる面倒くさい彼のことを考えるだけで落ち着かない気分になる。

先日もつい彼を構いたくなって、「友達だから」を言い訳に餌付けのような真似をしてしまった。友達はもちろん、過去の恋人にだって、手ずから食べさせたことなどないのに。

——まあ、爽磨は未《いま》だかつてないくらい手の焼ける友達だからな。

そう自分を納得させた大毅は、やっと仕事が一段落した土曜の夜に、早速彼に電話をした。

「あれから爽磨のとこ行けてないけど、大丈夫?」

実は少し前に、友達効果で爽磨の警戒心も解けてきたので、大毅のマンションに泊まればいいと彼に提案したこともあった。しかしその提案の翌日に同棲《どうせい》彼氏と喧嘩をして家出した姉が大毅の部屋に寝泊まりし始めてしまい、断念せざるを得なかった。

姉は仕事が忙しくほとんど寝に帰ってくるだけだが、さすがに精神衛生的にもスペース的にも、爽磨の居場所を確保するのは難しかったのだ。

そんな経緯もあり、大毅が連絡できなかったこの一週間、爽磨があの事故物件でたった一人、心霊現象に怯えていたら可哀想だ――という気持ちで尋ねたら、「別に寂しくなんてなかったけど」と的外れな答えが返ってきた。

――この人、霊じゃなくて「寂しい」にフォーカスしてる……！

素直じゃないのに素直すぎる彼に、胸の奥がきゅっとなる。言葉に詰まる大毅に不審そうな声を出していた爽磨だが、数秒してから質問の意図を理解したらしく電話越しに唸り声が聞こえた。

『大毅の言い方が紛《まぎ》らわしいんだよ、馬鹿！』

微笑ましい八つ当たりを躱《かわ》しつつ、心霊現象は大丈夫かと聞き直すと、入浴中に視線を感じるとのことだった。さすが霊道、次から次へと客足が絶えない。

心霊は電子機器に影響を及ぼすというが、たしかにこの電話もノイズがすごい。多分爽磨が気付いていないだけでもう何体かいるんだろう。

「じゃあ今から行くよ」

『……え、今から？』

「忙しいなら日を改めるけど」

『あー、いや、そうじゃなくて……』

妙に言い淀《よど》むので心配になったが、話を聞いているうちに大毅はスマホを持ったまま崩れ落ちた。

爽磨がこねくり回した言い訳を一言でまとめると「昨日怖くて風呂に入れなかったから大毅を呼ぶのに抵抗がある」ということだった。

「思春期の女子か」

呆れたふうを装いながら、うっかり声がにやけてしまう。

スマホの向こう側でぶつぶつ文句を垂れる爽磨がどんな顔をしているか気になって、大毅は終話ボタンをタップするより早く彼のマンションに向かっていた。


「じゃあ俺、ここにいるから」

爽磨が浴室に入ったのを確認した大毅は脱衣所の床に座り込んだ。

夏場に風呂に入れなかったことは彼にとって由々《ゆゆ》しき事態だったらしく、爽磨は大毅を出迎えたとき、すでにお風呂セット一式を抱えていた。

それならばと気合いを入れて浴室に直行したものの、肝心の霊は不在だった。

大毅としては霊が現れるまで爽磨と一緒に時間を潰《つぶ》そうと思っていたが、自分の臭《にお》いを気にした彼はやたらと大毅と距離を取りたがる。

それがなんとなく不満で、大毅は自分が脱衣所で待っているからシャワーを浴びてこい、と爽磨を浴室に押し込んだ。

そして現在、大毅は風呂のすりガラスに背を向け、番犬のような気分で爽磨のシャワーが終わるのを待っている。

「大毅、いるな?」

「はいはい、いるよ」

かれこれ五回目のやりとりをしたところで、浴室から爽磨の困惑する声が聞こえた。

「ん? あれ? ……ふぎゃーっ」

悲愴《ひそう》な叫びに何事かと立ち上がったものの、近くに霊の気配は感じない。

「爽磨、どうした?」

こんこんと浴室扉を叩くと、中から頭も顔も泡《あわ》だらけの爽磨がよろよろしながら出てきた。

「シャンプーしてたらシャワーが出なくなった……っ! 霊の仕業《しわざ》か⁉」

パニック状態の彼は、口元についたシャンプーのせいで泡を吹く蟹《かに》のようにぶくぶくしている。美形が台無しのシュールなビジュアルにも関わらず、大毅は無意識にさっと目を逸らした。

「おい、大毅? いるんだろ?」

何も言わない大毅に不安になったのか、シャンプーで目を開けられない爽磨は手を前に出してバタバタしながらこちらへやって来る。

しかし大毅はすぐに「ここだよ」と言えない。目の前にいるのは怪人蟹男なのに、一糸纏《まと》わぬ姿で心細げに自分の名前を呼ぶ彼を直視できない。

シミ一つない濡れた肌、桃色の乳首《ちくび》に小さなへそ、その下の薄い恥毛《ちもう》――視線が下にいくにつれて、鼓動が妙な感じに速まっていく。

――いや待て、どうした俺⁉

別に恋愛経験が豊富なわけではないが、他人の裸を見ただけでどぎまぎするほど自分は初心《うぶ》ではない。むしろ生まれながらの霊感体質ゆえにあらゆる変な現象にも慣れているので、ちょっとのことでは驚かないタイプだ。少なくとも風呂から霊が出てこようがフルチンの友達が出てこようが、その程度で狼狽《うろた》える性格ではない。

――それなのに、なんだこの動悸《どうき》・息切れ・不整脈は……！

謎の体調不良に戸惑っている間にも、爽磨は大毅を探して脱衣所を彷徨っている。壁にぶつかりながら「大毅……」と泣きそうな顔をする彼をなんとか落ち着けようと、大毅は声を絞《しぼ》り出《だ》す。

「……っ、今のところ、ここに霊は来てないから安心して。とりあえず俺は外の元栓《もとせん》を見てくるから――」

「そこか！」

声を発した瞬間、爽磨に飛びつかれた。大毅はぴしっと固まる。色白でしなやかな肢体《したい》に密着されて、身体の一部がみるみる熱くなっていく。なんということだ。

「そ、爽磨、ちょっと、離れて」

「馬鹿、お前、この状況で置いていくなよっ」

完全にビビりモードに入った爽磨のホールドは大毅が逃げようとするほど強固になり、比例して大毅の下半身がまずいことになってしまう。

――これ以上くっつかれるとやばい……！

ただでさえ爽磨は警戒心が強いのに、こんな不安な状況で縋りついた友達がギンギンだなんて最悪だ。

下半身の非常事態に気付かれてはいけない、と大毅が腰を引こうとしても、爽磨がそれを許さない。むしろ腕や脚を絡ませて逃がすまいとくっついてくるので、彼の下腹の柔らかいものが大毅の腿《もも》にフニッとあたり、よりいっそうズボンの中が窮地《きゅうち》に陥っていく。

――どうしてこんなことに⁉

爽磨の美貌も色気も、出会った当初から認識はしている。今さら惑わされるなんてありえないだろう。

動揺がピークに達し、歴代の彼氏彼女の姿が意味もなく脳裏を走馬灯のように過る。男女どちらが相手でも淡白すぎて振られてきたはずなのに、全裸の男友達に抱き付かれたくらいで暴発しかけている自分が信じられない。

「あああぁっ、もう！　水が出ないとシャンプー流せなくて目も開けられないんだから、かえって危険だろ⁉　すぐ戻るから、ちょっとだけ待ってなさい！」

爽磨も必死だが大毅も必死だった。半《なか》ば無理やり彼の細い肩を両手で摑んでべりっと引っぺがした大毅は彼を一喝し、マンションの廊下に飛び出す。

股間《こかん》の事情により前屈《まえかが》みでへこへこ歩いていたら同じ階の住人らしき人と出くわして若干《じゃっかん》気まずい思いをしたが、水道の元栓は玄関扉のすぐ近くにあったので迷わず見つけることができた。

「あ、やっぱり元栓締まってるじゃん」

誰がこんなことを、と訝《いぶか》る大毅の横をテテテと小さな男の子が駆けていく。なんとなく眺めていたら、その子は元気に腕を振り回しながら、閉じている玄関扉をすーっと通り抜けて爽磨の部屋に入っていった。生者ではなかったようだ。

「あいつの仕業か……!?」

元栓を戻してから慌てて子ども霊を追いかけると、案の定、脱衣所でにこにこしている。

「……大毅のバカ。置いてくなって言ったのに置いてった……」

シャンプーでべしょべしょのまま蹲《うずくま》っていじけている爽磨に今すぐ真実を伝えるのは気の毒だ。ひとまずシャワーを終わらせるように言って、なるべく彼の身体を見ないようにしながら浴室に戻らせる。

子ども霊に悪意はないようで、楽しそうに風呂のすりガラスに顔を近づけて遊んでいる。中から見たらすごいホラーだろうな、とは思ったが、下手に口を出して再び全裸で縋りつかれては堪らないので無言で見守ることにした。

「――で、結局霊はいたのか?」

無事にシャワーを終えて服を着て出てきた爽磨におそるおそる尋ねられ、大毅は厳《おごそ》かに頷いた。瞬間、怯えた爽磨が反射的に腕を掴んでくる。

そろそろ学習すればいいのに、またもや自分に触れたことで霊を見てしまった彼は腰を抜かした。

「こ、子どもが出歩いていい時間じゃないだろ⁉」

「爽磨、いろいろ間違ってるから落ち着いて」

どうどう、と背中を擦《さす》って彼を宥《なだ》めてから子ども霊に話しかけてみるが、この霊は先日の原田とは違い会話ができないようだった。霊の状態によって意思疎通《そつう》の度合いが異なることはままあるので仕方ない。

「ええと、ここで何してるのかな?」

【……】

問いかけに対する回答はないものの、遊びたいという思念が伝わってきた。生者を引きずり込もうという悪い気は感じられず、ただ遊び足りないぞ、という子どもらしい感情のようだ。

「この子、遊びたいみたい」

「はあ? そんなこと言われても、うちに子どもが遊べるようなおもちゃはないぞ」

あれだけ怖がっていたのに追い払うでもなく、うーん、と唸りながら棚を漁る爽磨はやはりお人好しだと思う。彼の心根が綺麗なおかげで、この部屋を訪れる霊も優しいものばかりなのかもしれない。

それから二人＋霊一体であれこれ検討《けんとう》した結果、シャボン玉を作ることとなった。

洗剤と砂糖と水でシャボン液を作り、爽磨が先端に切り込みを入れたストローをベランダで吹く。虹色の球体が軽やかに夜空に舞う。久々に見ると大人でも結構楽しい。

【……！】

子ども霊も大はしゃぎで、泡に触ろうとぴょんぴょん跳ねている。大毅がストローを束《たば》にして勢いよく発射すると、満面の笑みで両手を広げた。

シャボンが彼の半透明の手や身体をすり抜けていくのは切ないけれど、楽しんでくれていることは伝わってきて微笑ましい。

ふと、この子が少しでも幸せな気持ちで成仏できたらいいな、と思っている自分に気が付いた。

「こんなに温かい気持ちで霊を見守る日が来るとは思わなかったな」

不意に呟いた大毅を爽磨はきょとんとした顔で見つめてくる。

――小さい頃の俺に教えてやりたいよ。

幼い自分が霊を恐れた日々や、霊感のせいで理解されなかった寂しさは、大人になってからも大毅の心の中に燻《くすぶ》っていた。

成長するにつれていろんなことに折り合いを付けられるようになったけれど、蓄積《ちくせき》された孤独は消えなかった。

でも爽磨といると、記憶の片隅で膝を抱えていた過去の自分が癒《いや》されていく。

先日、原田が「人も物事も見る角度によって全然違う形をしていたはず」と言っていたのを思い出す。

大毅は今まで自分と同じ方向から同じものを見てくれる人なんていないと思っていたし、爽磨だって同じというわけではない。

でも彼は大毅の近くで、何が見えるのか一緒に見ようとしてくれる。態度はつっけんどんなのに、大毅にはもちろん、霊にさえ決して寂しい思いはさせない。

「ふーん……?」

わかったようなわかっていないような様子で首を傾げた爽磨は、子ども霊に急《せ》かされてシャボン玉の生成を再開した。

「――お、どうした?」

ひとしきり遊んだら子ども霊は満足したのか、ベランダの柵に立って外を眺め出した。新たな興味の対象は、道路を歩く野良猫のようだ。恰幅《かっぷく》のいい茶トラで、遠目からでもボスの風格を感じる。

「おいっ、ここ三階だぞ」

相手が霊体だということを忘れて、爽磨は慌てて手を伸ばした。当然その手は空を切り、子どもも霊はふわりと浮遊する。ゆっくりと地面に着地した彼はこちらに向かって手を振り、猫を追いかけてどこかに行ってしまった。

「……今、ありがとって言ってた」

爽磨の呟きに、大毅も黙って頷く。声こそ聞こえなかったが、素直な喜びの感情が伝わってきた。

「あんな小さいうちに亡くなったんじゃ、そりゃ遊び足りないよな。なんかもっと、水鉄砲とか花火とか買って遊んでやればよかったかも」

ベランダの柵に手を置いて寂しそうに地上を見下ろす爽磨の声は、子ども霊に情が湧いてしまったのか少し湿っている。

「やっぱり爽磨はお人好しだし、優しいね」

「うるさい、嫌味か」

強気に返しながらも、爽磨はまだ子ども霊がいた場所から目を離さない。ぐすっと鼻を啜って長い睫毛《まつげ》を伏せる姿を見ていたらたまらない気持ちになって、気付いたときには彼を腕の中に閉じ込めていた。

――そんな切ない顔をしないでほしい。

困惑気味に顔を上げた彼の瞳には涙の膜が張っている。大毅はその目元に触れ、涙よ流れないでくれと祈る。

悲しい表情は見たくない。

不貞腐れたような顔で耳を赤くする、あの捻くれた喜び方を見たい。好きな人には、自分の隣で安心して幸せを感じていて欲しいから。

——俺、爽磨のこと、好きになっちゃったのか。

そう自覚した瞬間、胸の奥がぎゅっと締め付けられた。甘くて幸せなのに、少し苦しい。こんな感情は初めてだった。

——きっと、爽磨だからこんな気持ちになったんだな。

誰と付き合っても恋愛にのめりこめなかったのは、霊感持ちの自分の心など誰にもわからないと、どこかで諦めていたからだ。

大毅に触れることで霊が見えてしまう人は爽磨以外にも稀にいたけれど、敬遠されるばかりで共感されることはなかった。

だから他人とは適度な距離感で接してきた。それなりに上手くやってきたし、それでいいと思っていた。

なのに爽磨は怪我をした野生動物みたいで初っ端《ぱな》から世話が焼けすぎて構わずにいられなかったし、怖がりなくせに大毅に触れて一緒に霊を見ようとするし、挙げ句の果てには霊にま

で斜め上のお人好しを発揮《はっき》するものだから、大毅はすっかり調子を狂わされた。

心に寄り添ってくれる相手を求めているのに他人を突き放してしまう爽磨と、諦めてそれなりで生きてきた自分はどこか似ていて、気付けば惹かれていた。

そしていつの間にか、あの面倒くさい可愛さを、大毅の孤独を癒してくれた温かさを、愛《いと》しく思うようになっていた。

「爽磨、俺——」

気持ちを伝えかけて、大毅は口を噤んだ。

「大毅？」

出会った頃は大毅のことすら警戒してスタンガンを探していた彼は、今は困ったような顔をしながらも大人しく腕の中から大毅を見上げている。友達として信頼されているのが、ひしひしと伝わってくる。

この気持ちを爽磨が知ったら、どう思うだろう。

恋愛不信の彼は、きっと大毅に幻滅する。友達を騙《かた》って下心満載で近付いてきたとさえ思われてしまうかもしれない。そうしたら、もう傍にいられなくなる。

——友達になったことも、あんなに喜んでくれたしなぁ……。

初めて彼の部屋に泊まった夜の「友達泊めたのなんて小学校以来だ……」という嬉しそうな声や、友達として扱うたびに噛みしめるような表情をする彼を思い返すと、とてもその信頼を裏切るようなことはできない。

「大毅、どうしたんだよ」

大毅の友情を微塵《みじん》も疑っていない爽磨は、まだ涙の乾かない瞳のまま首を傾げている。

――これじゃ告白もできないし、かといって諦めるために距離を置いたら爽磨は寂しがるだろうし……！　あぁもう、どうして友達なんて設定にしちゃったんだ、俺。

そもそも友達にならなければ、こんなに爽磨を好きにならなかったということは置いておいて、大毅はあの日友達宣言をした自分を呪《のろ》う。

「……友達が泣いてたらハグするのは普通だよ」

あまり沈黙していると不自然に思われそうだったので、適当な言い訳を口にする。

「そ、そうか」

てっきり「泣いてない！」と怒られると思ったが、爽磨は抵抗せずに大毅のハグを受け入れた。背中に手を回されて、ぎこちなくポンポンと撫でられる。

「泣いてもいいぞ、実は俺もちょっと寂しい」

八方塞がりの恋路に情けない顔をした大毅に勘違いしたのか、どうやら彼は大毅を慰めているつもりらしい。

逆なんだけど、と内心でぼやいたものの、彼からほのかに香る風呂上がりの匂いが幸せで訂正する気になれない。

――好きだな。諦めたくないな。でも最初あれだけツンツンしてた爽磨が、ハグで俺を慰めてくれるまでになったのは友達っていう関係のおかげだし……。

そこまで考えて、大毅はふと思い至る。

爽磨は出会った当初、自分に向けられる好意への警戒心と周囲の無理解による悪循環《あくじゅんかん》のせいで人当たりが最悪で、恋愛不信どころか人間不信気味な振る舞いをしていた。

しかし大毅と一緒にいるにつれ、少しずつ変わってきた。ということは、恋愛不信だっていつかは治るかもしれない。

――だったら長期戦覚悟で、急がば回れ大作戦だ。

今は友達のポジションから友愛と恋愛の混じった愛情を全力で注いで、徐々に恋愛不信を緩和《かんわ》する方向に誘導し、彼が恋愛をしたくなったときに一番近くにいる自分が立候補する。

シンプルだけど、悪くない作戦ではないか。強行突破で告白したり、想いを絶ち切ろうとして疎遠《そえん》になったりするよりは、彼を傷つけるリスクも少ない。

彼は現在、男女問わず恋愛不信だが、それは逆に固定観念が染みついていないとも言える。友達から恋の相手にうまくシフトチェンジできれば、同性という壁も乗り越えられるかもしれない。

しばらくは気持ちを伝えられそうにないのはもどかしいけれど耐えられる。初めてこんなに誰かを好きになったのだ。

——途中で俺の気持ちがバレないように気を付けないと。

中途半端なタイミングで恋心が露呈《ろてい》した場合、爽磨の警戒心が振り出し以下になる可能性があるので要注意だ。さっきみたいに素っ裸で縋られて勃起するなどもってのほかである。怒られるならまだしも、怖がられたり泣かれたりしたら多分立ち直れない。

「大毅、元気になったか？」

背中を擦ってくれていた爽磨が、心配そうに尋ねてくる。抱き合ったままなので彼の吐息が首筋にあたり、大毅は思わず腰を引いた。

「うう、早速元気になりそう……」

無防備な爽磨のおかげで、あらぬところが。

「ったく、仕方ないな。もっとぎゅっとしてやるから、さっさと元気出せよ」

そう言ってぎゅーっと抱きしめてくる爽磨は「友達をハグで励《はげ》ます」という初めての行為に誇《ほこ》らしげで可愛い。そのちょっとおバカな可愛さにときめかずにいられないものの、高鳴る鼓動に気付かれるのではと思うと大毅は気が気ではない。

「も、もう元気出たから！」

「そうか？　遠慮《えんりょ》してない？」

「してないから、耳元で喋らないで！」

ようやく身体を離してもらって深呼吸しようとしたら、照れくさそうに頬を掻く爽磨と視線が合う。

「なんというか、その、俺も元気出た。ありがとな」

はにかんだ笑顔で唐突にデレられて、大毅は深呼吸に失敗して盛大に噎《む》せた。

＊＊＊

「ふう、満腹だ……新作のチヂミはリピート決定だな」

以前連れてきてもらった創作居酒屋に大毅《だいき》と来るのは、もう五回目だ。

すっかり顔パスで個室に入っては、耕史《こうし》のおすすめを聞きつつ注文する。温玉サラダと屋台風ソーセージはマストで、他はその日の気分。

基本的に全部シェアして、最後はアイスの盛り合わせが丼《どんぶり》に入ったデザートを二人でつつく。

「爽磨《そうま》、はい」

大毅側に盛られているアイスをスプーンで差し出され、爽磨はパカッと口を開く。彼が食べさせてくれるのは、こそばゆいけれど癖《くせ》になる。

「チヂミが妙に酒に合うもんだから、ちょっと飲み過ぎたかもな」

アイスの冷たさが気持ちいいのは、おそらく少し酔《よ》っているからだ。人と酒を飲んで安心して酔えるのは幸せだ。

「ほんとだ。爽磨、顔が赤くなってる」

大毅はすっと立ち上がって、冷たいおしぼりを持ってきてくれた。頬にそっと当てられて、ひんやりとした感覚の心地よさについとろんと目を閉じる。

「口にアイスついてるよ」

笑いながら口元を拭《ぬぐ》われたが、爽磨はされるがままだ。

――大毅に触れられるのって、気持ちいいんだよな。

それに気付いたのは、先日子ども霊を見送ったときだった。

シャボン玉なんかで心底嬉しそうにしてくれた霊につい情が移って涙ぐんでいたら、大毅も切なくなったのか爽磨を抱き締めてきた。

最初はびっくりして胸がそわそわしたけれど、彼の高めの体温とうっすら香る汗の匂いは嫌ではなく、むしろ不思議と胸の奥が温かくなった。

大毅といると楽しくて前向きな気持ちになるせいか、心霊現象も以前よりは少なくなった。たまに深夜に無人のピンポンが鳴るものの、ひどいポルターガイストのようなものはすっかり鳴りを潜めている。

怖がると心霊現象が悪化すると大毅が言っていたが、やはり精神的なものの影響は少なからずあるのだろう。

「あ、そうだ。来週のお盆休みなんだけど――」

大毅の言葉に、爽磨はハッと目を開いて姿勢を正す。

爽磨はお盆に帰省しようと思って実家に連絡したが、兄の家族が来るので物理的に居場所がないと断られ、予定が空いてしまったのだ。

でも、そうだ。大毅も休みということは——。

「どこか旅行でも行く？　まあ、あれだ。大毅には心霊関係で世話になってるし、近場なら奢《おご》ってやってもいいけど」

平静を装いつつ、内心では「行こうよ行こうよ！」とわくわくで提案したものの、大毅はさっと表情を曇らせ、頭を抱えて唸り始めた。

「あー、そう来るか……。ごめん、俺、二泊三日で旅行することになってて」

心底申し訳なさそうに顔の前で手を合わせた大毅は、大学時代の同級生数名と毎年旅行に行くことにしているのだと説明した。今年は沖縄《おきなわ》に行くらしい。

「……別に、行ってくればいいだろ」

膨《ふく》らんだ気持ちが萎《しぼ》んでいくのを感じながらも大人の対応を試みたけれど、うっかり拗ねた声が出てしまった。

社会人になっても集まれる面子は大事にした方がいいと頭では思っているのに、楽しい想像をしてしまった直後だったので、上手く取り繕えない。

「あぁー……心霊現象が起きても俺に連絡できなくて隈作ってた爽磨が初めて自分から誘って

くれたのに……」

「うるさいわ」

気にするなと言えば言うほど残念な気持ちが顔に出てしまい、それに比例して大毅が焦るものだから収拾がつかない。

「爽磨を一人にするのは心配だけど、旅行はもともと約束していたものでキャンセルもできないし……」

「だから、俺のことは気にしなくていいってば！」

「爽磨ぁ……」

「しつこい！　そろそろ会計行くぞ」

切りがないので立ち上がってレジに向かったら、後ろから情けない声が聞こえてきた。

断られてしまったけれど、爽磨が誘ったことがそんなに嬉しかったのかと思うと、ほんの少し顔が緩んだ。


『何かあったらすぐ連絡して！』

そんなメッセージとともに大毅は友人たちとの旅行に出発した。

爽磨は連休初日に部屋の掃除をし、二日目は昼過ぎに起きて積んでいた本を読み、なんだかんだ平和な休暇を満喫した。

風呂を済ませてクーラーで涼み、悪くない休暇だと思う一方で、やはりどこか物足りない。

「大毅は明日まで帰って来ないのか……」

リビングで独り言《ひとご》ちた声はまだどこか拗ねており、子どもか、と自分で自分に突っ込む。

くだらないことを考えていないでそろそろ寝る支度をしよう。寝室の電気を点けようとしたところで、ふとカーテンを開けっぱなしにしていたことに気付く。

都会の空は狭《せま》いというけれど、今夜は星が綺麗だ。大毅のいる沖縄の夜空はもっと綺麗なのかな。

ロマンチックなことを考えながら窓辺に近付いた瞬間、ガラス越しに暗闇で誰かと目が合った。ぶわっと全身が恐怖で粟立《あわだ》つ。

ベランダの端の方、柵の上あたりに、男の顔らしきものが浮かんでいる。

「生首――！」

爽磨が絶叫しているうちに、その顔は消えていた。おかしい。ここは三階だ。偶然外を誰かが通りかかったなんてことはない。

――怖い怖い怖い！

暗くて顔立ちも表情もわからなかったけれど、大きく開いた瞳の黒目がじっとこちらを見ていたのは間違いない。

居ても立っても居られず、リビングに逃げ戻る。どうしよう、と椅子に腰かけて頭を抱えていたら、先程の絡みつくような視線が脳裏によみがえり、背中にぞくぞくと悪寒が走る。

カタッ、カタタッ――爽磨の恐怖心が増幅するにつれて、棚のあたりから物音がし始める。

心霊現象は怖がると悪化すると大毅が言っていた。どうにかしなきゃ。焦燥感《しょうそうかん》が募《つの》るほどに身体は震え、歯がカチカチと鳴る。

首吊り会社員の原田《はらだ》も先日の子ども霊も、悪い霊ではなかったじゃないか。きっと今日の霊も同じようなものに決まっている。そう自分に言い聞かせるものの、心細くてたまらない。

――霊がそんなに怖く感じなかったのは、霊を思いやる余裕があったのは、大毅が隣にいてくれたからじゃん……！

その肝心の大毅が不在なのだから、状況は絶望的だ。

不意に何かが足首に触れる。下を見ても何もいない。声にならない悲鳴を上げたら、今度はザーとテレビからノイズが流れた。電源は切れているはずなのに。ノイズに混じって「ごめんね……」という声まで聞こえ、爽磨は泣きながらテーブルの上のスマホを掴む。

「大毅……っ」

非常識な時間だし、旅行中だし、と思って我慢していたが限界だった。自分からはほとんどかけない番号を呼び出し、すんすんと鼻を啜って応答を待つ。

『……爽磨？』

もう零時を軽く過ぎているので、友人たちの迷惑にならないようにか、声を潜めた大毅が電話に出た。それだけで少し安堵している自分がいる。

「大毅、ややややばい。外に生首が浮かんでて、リビングでポルターガイストが――」

『落ち着いて。電話越しだけど、邪悪な気配はしないから大丈夫。とはいえ霊を刺激してちょっかい出されると困るから、このまま俺の声を聞きながら寝室に移動して』

大毅の指示に従って寝室に直行した爽磨は、ベッドに飛び込んでシーツを頭まで被《かぶ》る。

「次は？　次はどうすればいい？　静かにしてくれって説得した方がいいか？」

寝室は静かだが、扉の向こうではカタカタと何かが動く音がひっきりなしに聞こえる。

『あー……爽磨単体だと説得は無理だな、霊視すらできないし。あの、大変心苦しいんだけど、気にせず眠ってしまう以外に打つ手はないかも』

「眠れるわけないだろ⁉」

まさかの打つ手なしに、爽磨は絶望の叫びを上げる。

「何かあるだろ、おまじないとか……あ、塩でも撒《ま》くか」

『まじないや盛り塩は一歩間違うと逆に詰むから、やめた方がいい。俺も霊感があるだけでその道のプロじゃないし、素人《しろうと》判断はかえって危険だからこそ、その手の対処法は今までも勧めなかったんだ』

ぐぬぬ、と爽磨が言葉に詰まっている間にも、テレビのノイズが鼓膜に突き刺さってくる。

『……これはあくまで最終手段だけど』

不意に大毅が神妙な声で言うので、爽磨は藁《わら》にも縋る思いで耳を傾ける。

このままでは間違いなく一睡もできないし、大毅との電話を切ったらまた恐怖がぶり返して再び心霊現象が悪化する可能性が高い。

多少難しいことでも現状を打破できるなら、なんだって実行するつもりだ。

『霊って下ネタとかエロいことが苦手なんだ』

「は……？　じゃあ何か卑猥《ひわい》な言葉を――ポコチンとか唱《とな》えればいいのか？」

大真面目《おおまじめ》に返したのに、電話の向こうでふっと笑われた気がする。遺憾《いかん》である。

『そうじゃなくて、寝る前にオナニーでもすれば霊もいなくなるんじゃないかと思ったけど、まあやるやらないは爽磨に任せるよ』

いつもより早口で言った大毅が「じゃ」と通話を終わらせようとするので、爽磨は慌てて引き止める。

「俺はこの状況でオナニーできる強靭《きょうじん》な股間の持ち主じゃないぞ！　むしろかつてないほど縮《ちぢ》み上《あ》がってる」

『あぁ、そうだよな。ごめん、聞かなかったことに――』

「だからちょっと指示出してくれ。なんとかして勃《た》たせるから」

数秒間の沈黙があり、どこから出したのかわからない声で「はああ⁉」と叫ばれた。直後、大毅が周りに謝る声が聞こえる。

しばらく電話の向こうでガサガサしてから風の音が聞こえたので、屋外に出たらしい。

『指示って何だよ、指示って』

「だって最終手段なんだろ⁉　ここで一発決めないと、俺は夜なべで壁越し心霊ナイトになるんだぞ」

大毅には申し訳ないが、十分くらいでどうにかするのでもうしばらくお付き合いいただきたい。

『えぇー、いや、それはちょっと……』

いつもは大体爽磨の気持ちを察して助けてくれるのに、今日は随分渋られる。このまま通話を切られては敵《かな》わないので、自分の中の素直さをかき集めてお願いする。

「指示を出すのが嫌なら、出さなくていい。そこは俺一人で頑張るから。ただ、何か喋っていてくれ。大毅の声聞くと安心するっていうか、ちょっと心強くならないこともないというか……」

ぼそぼそと言葉をこねくり回していると、ものすごく深い溜息が耳元で吐き出された。

『あーもう、お前ってやつは……！　わかった、わかりました』

「手伝ってくれるのか？」

『やる。やるから、ちょっと待って』

なぜか深呼吸を繰り返した大毅は、まだ唸っている。リビングからピシッとラップ音が聞こえるし早くしてくれないかな、と思いながらも大人しく待っていると、大毅はやがて覚悟を決めたように「爽磨」と呼び掛けてきた。

『ええと、普段自分でするとき、胸とか触る？』

「へ？　男だし触るわけないだろ。自分でもあんまりしないし」

『そっか……じゃあ今日は触ってみよう。シャツの上から指先で引っ掻いてみて』

変な指示だなと思いながらその通りに右手の指を動かす。

くすぐったい。正直に伝えると「シャツの中に手を入れて、直接触って」と次の指示が飛ぶ。

「——冷たっ」

一連の心霊現象で指先が冷え切っていたらしく、思わず声を上げる。

『あぁ、爽磨、怖がってるとき手が冷たくなるもんな』

なぜ知ってるんだと口に出しかけて、爽磨は情けない心当たりが頭に浮かんだ。心霊現象のたびに驚いて大毅に飛びつき、彼に触れたことで霊を直視してしまって余計に血の気が引くということを繰り返していたからだ。

それでも彼に触れるのを躊躇ったことがないのは、半袖から伸びる健康的な彼の腕はいつだって体温が高く、不思議と落ち着くからだろう。

この前抱きしめられたときも、あの温もりと彼の匂いは心地よく、つい身を任せたくなってしまったくらいだ。

――これが大毅の指だったら温かいんだろうな。

想像したら、一気に全身に血が巡りだした。先程までくすぐったいだけだった胸の先が尖り始め、引っ掻くたびにびくびくと身体が跳ねる。

「んっ、くすぐったくなってきた……っ」

『……今、ベッドの中なんだよね？　ならスマホは耳元に置いて両胸をいじってみて』

大きくて筋張った彼の手を思い出しながら、左手もシャツの中に入れて左右の胸の飾りを同時に刺激する。下腹部にびりびりと電流のような感覚が走った。

「なんか、変なんだけど……っ」

『止めないで、続けて』

途中で止めて次の指示をもらおうとすると、ぴしゃりと跳ね除けられて続行を命じられる。それすら興奮材料になってしまい、下着が先走りで濡れていくのを感じた。

すっかり凝《こご》った乳首を押し潰しながらもぞもぞと膝を擦り合わせ、シーツを噛んで吐息を震わせる。

『下も触りたい？』

甘い誘いに、電話なのも忘れてこくこくと頷く。唇から湿った息が漏れて通話口に当たる。

耳元で大毅がごくりと唾《つば》を飲む音が聞こえた。

『まだダメ。電話だと様子が見えないから、下がどうなってるか教えて』

なんて指示を出すんだ。真っ赤になって口をはくはくさせるが、濡れそぼつそれをどうにかしたくて、爽磨は羞恥を堪えて声を絞り出す。

「その、ちゃんと勃ってるよ」

『もっと具体的に』

「……下着を押し上げるくらい勃ってて、ちょっと先が、濡れてきてる」

自分の状態を言葉にしたら余計にそこが張りつめてきた。触れてもいないのにこんなことになっていると自覚し、頭が沸騰《ふっとう》したようになる。

『あぁ、くそっ、俺はホテルのバルコニーにいるんだぞ……！』

「大毅……？」

具体的にと命じられたので恥を忍んで言ったというのに、何を一人で呻いているんだ。不満を込めて大毅に呼びかけると、彼は気を取り直すようにふーっと深く息を吐いた。

『いや、なんでもない。次は、胸をいじるのは片手にして、もう片方の手は下着越しに先端を擦って』

「んんっ、これ、やばいかも……」

二ヵ所同時に刺激を与えられて、全身が快楽に戦慄《わなな》いた。じわりと下着に恥ずかしい染みが広がっていく。

「大毅、もう――」

直接触りたくてぐずった声を上げたら、ようやく大毅から許可が下りる。

『……っ、仕方ないな。じゃあ、直《じか》に握って、ゆっくり上下に扱《しご》いて』

言われた通りにゆるゆると扱くが、徐々に欲望に負けて手の動きが早くなってしまう。

『こら爽磨、ゆっくりやってないだろ』

荒くなった息遣いでバレたらしい。窘《たしな》められて渋々緩慢《かんまん》な動きに戻したものの、もどかしくて無意識に腰が揺れる。

「やっ、あぁっ」

すっかり性感帯となってしまった乳首と、性器へのスローペースな愛撫に、決定的な刺激がないにも関わらず軽く達しそうになる。抑えきれない喘《あえ》ぎが漏れる。

『爽磨、我慢』

耳元で囁かれてハッとなり、反射的に両手で自身をぐっと強く握って射精を堪える。ぎりぎり出さなかったものの、熱が溜まった身体を持て余して身悶《みもだ》える。

『耐えた？　えらいね』

熱に浮かされているせいか、大毅の声をいつもより雄っぽく感じてしまい、腹の奥の方がきゅんきゅん疼《うず》く。

『そしたら両手をもう一度胸に……』

「やだっ、もう無理、出したいっ」

これ以上我慢したら変になってしまう。半泣きで訴えたら、どうやら冗談だったらしくふっと笑われた。

「お前、意地が悪いぞ……」

めいっぱい恨みがましく呟いたが、早く次の指示が欲しくてたまらないのだから手に負えない。

『あー……声だけなのにやばいな。もっと意地悪したくなる』

「……！」

冗談の続きなのか不吉な発言をする大毅に、声にならない声を上げて批難すると、ようやく快楽を貪《むさぼ》る許可を出してくれた。

『そろそろ終わろうか。強く扱いていいよ』

爽磨は待てを解除された犬のように、ぐしょぐしょになった自身を慰める。先走りでぬるぬるしており、それが快楽を加速させる。

『よく眠れるといいね。理想の相手とか思い浮かべたらいい夢見れるんだろうけど』

射精感が高まり、何も考えられなくなる直前にそんなことを言われ、一瞬動きが停止する。

「そんなのいるわけ――」

『うん、恋愛不信の爽磨には難しいだろうから、せめていっぱい気持ちよくなってくれてたらいいなと思って』

大毅の言う通り、好みのタイプなど考えたこともないし、理想の相手なんて存在しないものを思い浮かべられるはずがない。

そう思ったのに、自身を握る爽磨の華奢な手はすでに大毅の大きくて武骨な手に脳内で変換されており、ぎゅっと目を閉じると大毅に組み敷かれる自分が見えていた。

「あ、うそ……っ！　ひっ、あぁ……っ」

大毅に言われる前から、自分は理想の相手を——大毅にされるのを想像して、行為に耽《ふけ》っていた。

——大毅は男だし、友達だぞ⁉

何かの間違いだと首を横に振るも、想像の中の大毅は爽磨の性器を扱き、唇を寄せてキスをねだってくる。そんなのダメだと思うのに、上下する手を止められない。

『爽磨、イって』

大毅の掠《かす》れた声が鼓膜を揺らした瞬間、爽磨は困惑も忘れて呆気《あっけ》なく極まった。散々焦らされたあとの絶頂はなかなか終わらない。ティッシュも何も用意する間もなく、下着の中に精液が放たれていく。

「あ、あ——っ」

『……おやすみ、爽磨』

どうしよう、どうしよう。完全にキャパオーバーした爽磨は、通話が切れたかどうかの確認もすることなく意識を手放した。


翌朝、腫《は》れてじんじんする乳首とカピカピになった下着に絶望した爽磨は、これは夢だと思い込んで二度寝し、昼過ぎに起きて変わらぬ現実に打ちひしがれた。

——俺、なんてことしちゃったんだ……！

冷静に考えたら、何が「指示を出してくれ」だ。友達をテレフォンセックスに誘ったようなものだ。そりゃ大毅だって渋るわ。

軽蔑されたかもしれないと思ったら涙が滲んできた。誰にどう思われてもよかったけれど、大毅に嫌われるのはつらい。

茫然としたまますぐすぐすと鼻を啜っていたら、ポコンと間抜けな音を立ててスマホの画面にメッセージが表示される。

『今、最寄り駅に着いた。まだ昨日の霊がいるかわからないけど、念のため爽磨の部屋に直行するね』

「……はっ⁉」

がばっと起き上がって時計を見ると、すでに午後三時。大毅がこっちに戻ってくると言っていた時間だ。

——今来られたら色々まずい！

心の準備ができていないどころか、起きてから何もできていない。足を縺《もつ》れさせながら忌《い》まわしい下着をやけくそでゴミ箱に放り、軽くシャワーを浴びて適当な服を身に着ける。

とりあえず人を迎え入れる姿にはなったが、気持ちが追い付かない。やっぱり昨日の今日で顔を合わせるのは、どう考えても無理だ。

「……逃げよう」

居留守を使うのは心が痛むので、いっそのこと本当に外出して、連絡にも気付かなかったことにしてしまおう。落ち着いたらこちらから連絡すればいい。

財布とスマホだけポケットに入れて、どたばたと玄関に駆けて行く。勢いよく外に出て扉を施錠《せじょう》しようとしていたら、隣の玄関ががちゃっと開いた。

「あ、どうも」

爽磨に事故物件の詳細を滔々《とうとう》と語った隣人の江藤《えとう》が、ぺこっと頭を下げた。あのときはお前のせいで大変だったんだぞ、と内心で文句を言いながら、爽磨は不愛想に軽く会釈する。

「あれ？　それ、なんでしょうね」

玄関の扉の下の方を指されて視線をやると、うっすらと手形のようなものが張り付いている。

「ひぃ——っ」

思わず恐怖で硬直する爽磨をじっと見た江藤は、次いで扉の前に屈《かが》んで手形に顔を近づける。

「大きさからして大人の手っぽいですが、だとすると高さがおかしいですね。大人がこんなに低い位置に触るとなると、こう、地面をずりずりと這《は》いずってきた人が、死に際に縋るように手を伸ばしたとしか……」

相変わらず脳裏に映像が浮かぶような具体的な描写を語られ、身の毛がよだつ。

膝がぷるぷると震え、腰が抜けそうになった瞬間、後ろからガラガラという音とともに何かが迫《せま》ってきて、突然誰かに抱き留められた。

「何してるんですか」

耳に馴染んだ声がいつもより低い気がして振り返ると、スーツケースを持って肩で息をした大毅が怖い顔で江藤を睨みつけている。

「あ、いえ、何でもないです」

体格のいい大毅に凄《すご》まれて、江藤はすごすごと自分の部屋に戻っていった。

随分急いで来てくれたようだが、爽磨が変な輩に絡まれていると思って助けてくれたのだろうか。何をされたわけではないけれど、あれ以上彼の話を聞いていたら恐怖で再びポルターガイストが起こってしまいそうだったので、正直駆けつけてくれてありがたかった。

「あの、ありが――」

大毅と視線が合い、爽磨は昨夜のことを思い出して汗が吹き出した。そもそも自分は大毅と顔を合わせないように逃げる予定だったのだ。

——また江藤のせいで……！

つくづく迷惑な男だと頭を掻きむしりたい衝動に駆られるが、爽磨から身体を離した大毅は何事もなかったかのように玄関に入っていく。

「もう部屋にも霊はほとんどいないな。生首は窓の外だっけ——爽磨の霊感レベルで目が合うくらい可視化できる強い霊がいたらすぐわかるはずだけど、それも気配なし。ただの通りすがりだったんじゃないかな」

てきぱきと爽磨の部屋を確認する大毅は普段通りだ。昨夜のアレを気にした様子もなく、部屋の隅に残っていた霊に話しかけている。

テレビのノイズに乗せて「ごめんね……」と囁いた霊から、あれは爽磨を怖がらせたことを謝っていただけだと力の抜ける真相まで聞き出してくれた。

ここまで平然とされると、拍子抜けすると同時に複雑な気持ちになってくる。

「……なんというか、平気なのか？」

下を向いたまま、爽磨はシャツの裾《すそ》をぎゅっと握りしめた。どんな答えを期待しているのか、自分でもわからない。

「あー……昨日のアレ？　気にしなくていいよ。あのくらい、男友達なら普通だし」

大毅は一瞬言い淀んだが、すぐにきっぱりと言い放った。あのくらい普通なのか。なんだろう、妙に腹が立つ。男の友達相手なら、誰にでもあのくらいのことはするのか。

――俺が特別だからじゃないのか。

もやもやする胸の奥から心の声が聞こえてきて、爽磨はハッと胸を押さえた。

自分は大毅に、特別だと思ってほしかったのだ。恋愛沙汰は忌避《きひ》してきたはずなのに、好意なんて煩わしいものだと思っていたのに、いつの間にか大毅の特別になりたいと願っていた。

自分も大毅も男だし、思春期に恋愛不信を拗《こじ》らせたせいで恋なんてしたことがないし、友達スキルですらゼロだったから、大毅と一緒にいて感じるそわそわする気持ちや幸せな気持ちを友情だと思い込んでいた。

でも、きっと性別なんて関係なく、結構前から彼に恋をしていたのかもしれない。だからこそ自慰《じい》の最中に、無意識のうちに大毅を想像してしまったのだ。

恋を自覚した衝撃ではくはくと口を開閉させる爽磨を見て苦笑した大毅は、励ますようにぐしゃぐしゃと頭を撫でてくる。

「本当になんともないって――でもまあ世の中には気にする人もいるから、俺以外の友達ができても、ああいうことを頼むのは俺だけにしておけよ」

未来の友達のことまで気遣う余裕を見せつけられ、爽磨は奥歯を嚙みしめて俯いた。

軽蔑《けいべつ》されなかったのはよかったけれど、大毅にとっては取るに足らないことだったのかと思うと、なんだか胸が痛い。

「爽磨？」

黙ったままでいると、顔を覗き込まれて名前を呼ばれる。男らしい顔立ちが目の前に来て、息が苦しくなる。

「爽磨がよく眠れるようにと思ってやったけど、嫌だった？」

髪を掻き混ぜていた大毅の手が、今度はゆっくりと爽磨を安心させるように後頭部を撫でていく。昨夜妄想に使ってしまった大きな手の温もりを感じて、顔がかぁっと熱くなる。

「べ、別に気にしてないし。旅行中に悪かったなって思っただけ！　それより今日はもう帰れよ。旅行の後片付けとかしなきゃだろ」

赤くなった顔を見られないようにぎこちなく逸らし、彼の背をぐいぐい押して玄関に向かわせる。不自然だっただろうかと、冷や汗が背中を伝う。

大毅は自分のことを友達だと思っている。実際、健全な友達付き合いなのだ。

彼をまだ信用していなかった頃にはちらちら登場していた護身用のスタンガンも、今では保管場所を忘れてしまったくらい、何も起こりそうにない。

――俺が大毅のこと好きになったら迷惑かな……というか俺、大毅の性指向や恋愛観すら知らないじゃん……。

大毅の後頭部を眺めながらぐるぐる考える。

幸か不幸か、爽磨は女性のみならず、男性からもえげつないモテ方をしてきた。もし彼が同性愛が完全にNGというわけではないなら、わずかでもチャンスはあるかもしれない。

だからまずは彼が同性に好かれることに対してどう思うかとか、好みのタイプとか、そういうことを知るところから始めるべきだ。

――でも大毅の顔を見るだけでドキドキしちゃう今の俺に、そんな調査ができるか？

そもそも爽磨は友達スキルがゼロなだけでなく、恋愛スキルはマイナス値だ。自らの挙動不審ぶりを考えると、しばらく顔を合わせない方がいいのではとすら思える。

「あ、そうだ。明日、近所で祭りやるみたい。一緒に行こ」

「えっ、うん」

急に振り返った大毅の顔が至近距離にきて、動揺した爽磨は反射的に頷いてしまった。

「あ、いや、違――」

「やった！　楽しみだな。甚平《じんべい》どこにしまったっけ。じゃあ、また明日」

「お、おう……」

嬉しそうに声を弾ませる大毅に今さら違うとは言えず、爽磨は曖昧《あいまい》に笑った。

「夕方迎えに来るから、屋台で夕飯食べような」

爽やかに手を振って帰っていく大毅を見送り、施錠《せじょう》を済ましてから、爽磨は玄関で顔を押さえてずるずると座り込んだ。

「あああ――なんで頷いちゃったんだ、俺」

悲痛な叫びを上げて天を仰《あお》ぐ。

「やばいって、平常心とか保てないって。甚平なんて着てこられたらもっと無理。直視できない」

どぎまぎしすぎて変な言動をして、友達としてすら嫌われたらどうしよう。うんうん唸りながらも、大殺の甚平姿を想像してポポッと頬を赤らめてしまう。

小一時間ほど一人で百面相をした爽磨は、気付けば近所の量販店で浴衣《ゆかた》を買っていた。

――だから、浴衣まで用意して浮かれてる場合じゃないだろ……！

黒地に白いラインの映える浴衣の入った袋を胸に抱きながら自分に突っ込むが、もう遅い。

「明日、どうしよ……」

なるべく意識しないように努めて、最低限友達として自然に振る舞わないと、性指向や好みを聞くどころではなくなってしまう。

落ち着け落ち着け、と唱えたものの、就寝前に「夏祭り　浴衣　デート」で検索してしまい、爽磨は結局眠れぬ夜を過ごす羽目になった。

＊＊＊

やらかした自覚はある。

急がば回れ作戦を遂行すべく友達面《づら》を必死に保っているというのに、爽磨が自慰の指示を出せなんて言うから、つい魔が差したのだ。

最初は一応、パニック状態の爽磨の意識を逸らすために真面目に指示していた。

しかし途中から電話の向こうに霊の気配をほとんど感じなくなったにもかかわらず、焦れる爽磨が可愛くて無駄にねちっこい指示を続けてしまった。

絶交されたらどうしようと戦々恐々としながら帰ってきたが、友達ならよくあることだと言い聞かせたのが功を奏したのか、爽磨は大毅を拒絶することはなかった。

当然ながら「よくあること」だなんて大嘘だ。そんな変態フレンズが何人もいてたまるか。

とはいえ、さすがにお人好しの爽磨も鵜《う》呑《の》みにはしなかったようで、昨日はろくに目を合わせてくれなかった。

最近はすっかり鳴りを潜めていた手負いの野生動物的な警戒心が復活してしまったのかもしれない。

急がば回れどころか、友達として築いてきた信頼関係すら危うい状況に、大毅は頭を抱える。

このタイミングで距離を置いたら取り返しがつかなくなるような気がして、半ば強引に祭りに誘ったものの、内心嫌がられていないだろうかという不安は拭えない。

「爽磨ー、迎えに来たよ」

夕方になってから何食わぬ顔で彼を迎えに行くと、シックな浴衣に身を包んだ色男が現れた。

「ゆ、浴衣買ったの？」

思わず凝視してしまったせいか、爽磨は気まずそうに下を向いて玄関を施錠すると早足で歩き出した。

「いや、ええとこれは、大毅が甚平って言ってたし、俺だけ私服だと変だと思ったからで……」

大毅が甚平を着ると言ったから、気を遣って合わせてくれたらしい。黒い生地からほっそりとした白い手首や足首が覗くさまは壮絶に美しく眼福だ。

「そっか。すごい似合ってる」

慌てて爽磨を追いかけながら褒めるが、彼はこちらを見ようともしない。

いまいち会話が弾まないまま、二人は見慣れた道を進む。いくつか角を曲がると提灯《ちょうちん》の明かりが見え始め、夜風が祭り特有の匂いを運んできた。

屋台の並ぶ通りに入りかけて、行き交う男女の視線に大毅はハッとする。

「待って、爽磨。また視線吸引機になっちゃう」

ただでさえ爽磨の警戒心が増しているというのに、ナンパなどでこれ以上刺激されたらたまったもんじゃない。

早急な対応が必要だと判断し、大毅は目についた屋台でよくわからないカエルのお面を購入した。

「これ、着けときなよ」

彼の顔が軽く隠れる程度にお面をつけ、ゴムに引っかかった髪をそっと耳にかけてやると、彼は口を引き結んで硬直している。

「お、おおお俺、食べ物買ってくる」

大毅と目が合った途端、視線を彷徨わせた爽磨はあらぬ方向に逃走した。露骨な避けっぷりに一瞬呆気にとられ、ペットの脱走ってこうやって起こるんだな、と現実逃避しそうになる。

「ちょ、爽磨、置いてくなって」

「……ごめん、つい」

人混みに消えるすんでのところで彼の腕を掴んで捕獲すると、しょんぼりした声で謝られた。お決まりの可愛い天邪鬼な言動すら出てこない彼に、ひしひしと罪悪感が湧く。

しかしこのままだと彼との距離が物理的にも精神的にも際限なく広がってしまいそうだし、何より爽磨が行方不明になりかねない。どうしたものかと頭を捻る。

「あのさ、今みたいにはぐれちゃわないように、通りを歩くときはこうしててもいい？」

これ以上警戒されたくはないので、事前に断ってから握手するみたいに、おそるおそる彼の手を握ってみる。

「人でごちゃごちゃしてるし、祭りに来てわざわざ他人の手元なんて見てるやつはあんまりいないだろうけど、もし嫌だったら言って」

「い、嫌では、ないけど……」

「よかった。あっちにたこ焼きあったから、いつもみたいに半分こしよう」

大毅の顔と手を交互に見つめる爽磨を引っ張って、やや強引に屋台を回る。

爽磨は戸惑ってはいたものの、手を繋ぐこと自体には抵抗しなかった。たまにちらちらと繋いだ手を気にしているようだったが、大毅が焼きそばや綿あめを普段通り半分ずつ彼に食べさせたりしているうちに、爽磨の態度も少しずつ軟化してきた。

「祭りで食べるものって大したことないのになぜか美味しいんだよな」

大毅が言うと、爽磨も頷いてくれる。

「ん。気付いたら結構食べてた」

帰り道、それなりに和《なご》やかな雰囲気で会話をしていると、不意に爽磨が黙り込んだ。

「爽磨?」

「……なあ、大毅。男同士の恋愛ってどう思う?」

唐突な質問に、さっき食べたものがいろんなところから出そうになる。

あのエロ電話の二日後にこの質問だ。祭りの雰囲気でうやむやになってきたとはいえ、まだ怪しまれているのかもしれない。

「……好きになった人が好き、でいいんじゃない?」

答えを間違って再び目も合わないような状態に逆戻りするのは避けたいが、ここで同性愛を全否定するのは、世の中のマイノリティや自身のセクシャリティ的にもさすがに抵抗があった。

咄嗟のわりには無難な回答をしたつもりだが、「へ、へえ」という爽磨の返事は若干声が揺れている。半端に被ったお面のせいで、表情はよく見えない。

——俺は爽磨のことが大好きだよ。

本当は、そう言ってしまいたい。でも今日の爽磨の挙動不審を見るにつけ、このタイミングで気持ちを伝えたら、今の関係すら台無しになってしまう。いつかは意識してほしいけれど、それは今日ではない。

喉の奥から溢《あふ》れそうになる恋情を押し殺し、大毅はどうにか爽磨を安心させる言葉を選ぶ。

「あ、もちろん俺たちは一片の曇りもなく友達だよ！　さっき手とか繋いじゃったけど、あれも友達繋ぎって言って、友情の証《あかし》みたいなものだからな。恋人繋ぎは、こう！」

力強く嘘を吐いて、自分の左右の手で指を絡ませてセルフ恋人繋ぎを見せつけてやると、爽磨はなぜかお面をしっかり顔に装着した。下を向いたカエルはなんとなく元気がなく見える。

「わかってるよ」

お面で声がこもっているせいか、爽磨の声は少し震えて聞こえた。

＊＊＊

空回りつつも勇気を出して探りを入れた結果、一片の曇りもない友達宣言をされてから一晩が経過した。

特にやることもないお盆期間最終日の夕方。昨夜一睡もできなかった爽磨《そうま》は本日何度目かの悲しい回想をして、リビングの片隅で項垂れていた。

――まさか告白する前に振られるとは……。

今までどうでもいい相手には散々言い寄られてきたのに、肝心の好きな人には対象外にされてしまうなんて、世の中厳しすぎる。

しかしあそこまではっきり言われた手前、もう爽磨にはどうすることもできない。告白なんてした日には、友達関係が破綻《はたん》するだけだ。

いっそのこと恋愛不信に戻って大毅《だいき》のことも好きじゃなくなってしまえばいいのに、そんなに都合よく恋心はなくならない。

手を繋いだりして、お祭りデートみたいだと浮かれていた自分が心底惨《みじ》めだ。その手繋ぎでさえ「友達繋ぎ」だと断言されて、お面の内側をひそかに涙で濡らす羽目になった。

――大毅、恋人とはああいうふうに手を繋ぐんだな。

わざわざ自身の両手で実演までして友達と恋人の違いを強調され、ショックで崩れ落ちそうになる一方で、過去に大毅と指を絡ませてデートしてきた顔も知らない誰かを妬《ねた》ましく思った。

爽磨だって大毅の体温の高い手に自分の手をもっと密着させたかったたし、本当は手だけではなく他のところにも触れてほしかった。

繋いだときに感じた彼の手の温度と、汗で少し湿った感触を思い出し、溜息を吐く。彼の歴代の恋人たちは、あの手に隅々まで触れてもらっていたのだろう。

そんなことなど考えたくないのに、燻《くすぶ》った嫉妬《しっと》の炎を止めることができない。

頭を撫でられると気持ちいいし、髪を耳にかけられるとドキドキするのは、爽磨も知っている。

でも恋人なら、首筋や背中に指を這《は》わされ、硬い指で胸の突起を可愛がられ、その下も——

いつの間にかその「恋人」は顔も知らない誰かから爽磨自身にすり替わり、旅行中の彼との電話でしてしまった妄想が、彼と手を繋いだばっかりに解像度が増した状態で脳裏に広がっていく。

「友達宣言されたところなのに、考えちゃダメだろ、そんなこと……！」

自分で自分に言い聞かせるも、脳内では甚平姿の大毅が、爽磨のはだけた浴衣に手を差し込み始める。男らしい筋張った手が爽磨の身体を撫で回し、太腿の付け根の際どい部分をなぞる。

「……っ」

部屋着のズボンの中の自身が兆《きざ》してきたのを感じた直後、爽磨のスマホの通知音が鳴った。

画面のポップアップには今まさに爽磨の頭の中を占《し》めていた男の名前とメッセージが表示されて、爽磨は一気に現実に引き戻される。

『今から迎えに行くから一緒に夕飯食べようよ』

——む、無理！

ただでさえ告白する前に振られている上に、あと一歩でオカズにしてしまうところだったのだ。しばらく顔を合わせたくない。

そう思ったのに、理性よりも大毅に会いたい気持ちが勝ってしまい、指先が勝手に「ＯＫ」のスタンプを送っていた。

「あああ……俺の指、素直すぎる……」

削除する間もなく既読マークがついた数分後、爽磨の心など知る由《よし》もない大毅がやって来たのだった。

「このクリームチーズの西京漬《さいきょうづ》け、絶対爽磨好きだよ。ほら」

玄関に迎えに来た大毅は、目の下に隈を作っている爽磨を心配して、一旦《いったん》部屋に入って霊がいないかチェックしてくれた。

たしかに以前、心霊現象に一人で耐えて寝不足になったことがあったが、今回の原因は霊ではなくお前だ——とは言えず、彼の親切心に胸を痛めているうちに点検は完了した。

そのまま耕史《こうし》の店に誘導されたかと思えば、気まずさに狼狽える隙もないほどあれこれ注文した大毅が、爽磨の口元にひたすら食べ物を差し出してくる。

今も口元にチーズを寄せられて、爽磨はつい癖で「あ」と雛鳥《ひなどり》のごとく口を開けてしまった。餌付けされる習性がついてしまったのか、祭りのときといい、大毅と半分こした食事を手ずから食べさせてもらうと気持ちが落ち着いてしまう自分が情けない。

「……んまい」

「だろー？」

にこっと目尻を下げた笑顔を向けられ、性懲《しょうこ》りもなく恋心が胸の奥で膨らむ。「一片の曇りもない友達」のくせに、未練がましいにもほどがある。

「――お、大毅じゃん」

爽磨が不甲斐《ふがい》なさを噛みしめながらもぐもぐしていると、聞き慣れない声が大毅を呼んだ。今日は個室に予約が入っていたので座敷に案内されていたが、爽磨が他の客から視線を送られないように、大毅が壁になってくれていたのだ。

「げ……誠《まこと》。なんでいるんだよ」

「さっきまで修吾《しゅうご》たちと飲んでたんだけど、耕史に用があったの思い出して帰りに寄ったんだよ」

誠と呼ばれた短髪ガチムチの男が大毅の横にぐいぐいと座り、彼の腕を肘《ひじ》でつつく。

「……こいつ、大学時代の同級生で、この前旅行したメンバーの一人」

大毅に渋々紹介された誠は、爽磨には礼儀正しく自己紹介をした。

急に乱入してきたのには驚いたけれど、大毅の仲間というだけあってどこか彼に雰囲気が似ているせいか、耕史同様、嫌な感じはしない。

知らない人間には威嚇しがちの爽磨だが、彼の友達に不愛想なのも失礼だと思い、ぎこちないながらも笑みを作り会釈してみる。

誠は案の定ポーッとなり、大毅に頬を引っ叩かれていた。

「大毅が旅行中スマホばっか気にしてるから、仲間内で相手は誰だって結構話題になってたんですよ。ご近所さんとは聞いてたけど、まさかこんな美形な人と知り合いとは──」

大毅の霊感を知っているらしい彼は、爽磨と大毅が知り合ったきっかけに興味津々《しんしん》の様子だ。ぐぐっと爽磨の方に身を乗りだそうとするたび、大毅に押し戻されている。

「大毅って優しいけどあっさりしてるっていうか、誰かの連絡待ってるのとか見たことなくて。珍しく恋人に入れあげてるのかと思って問い質《ただ》したら、まだ付き合ってないって言うし」

「おい、余計なこと言うな」

誠の勘違いに、爽磨は苦笑いを浮かべる。

大毅が連絡を気にしていたのは、以前爽磨が心霊現象が起きても自分から彼に連絡できなかったからであり、それ以上の意味はない。付き合っていないどころか恋愛対象から除外されている。

「あ、そのチーズみたいなやつ美味しそう」

大毅とわいわい盛り上がっていた誠は、不意にクリームチーズの西京漬けに目を付けた。爽磨はぴくっと反応する。あれは「一口ちょうだい」の目だ。

大毅はきっと、爽磨にするのと同じように誠にもチーズを与えてしまう。誠の口にチーズを運んで食べさせてあげる大毅を想像した次の瞬間には、爽磨は腕を伸ばして誠の口元にチーズを差し出していた。

「……へ？　あ、あざっす」

顔を赤くした誠が目を白黒させながらも爽磨の箸《はし》にぱくっと食いつく横で、大毅は皿を動かそうとした手を止めて顔面蒼白で腰を浮かす。

「何してるんだよ爽磨！　誠も頬を染めるな！」

「わ、悪い大毅、お前の気持ちはわかるけど、今のは不可抗力だろ⁉　というか結構飲んできたんだからあんまり揺するなよ」

大毅は誠の襟首《えりくび》を摑んで揺さぶっていたが、ようやく動きを止めた。誠がぐったりと項垂れる。

「目が回った……」

「そんなに飲んできたのかよ。ったく、仕方ないな。水──」

今度は席を立とうとする大毅を見て、爽磨はハッとする。彼は冷たいおしぼりを持ってきて、誠の頬に当ててやるつもりに違いない。あれはたしかに気持ちいい。おしぼりも気持ちいいけれど、大毅の手が軽く触れるのも安心するし心地よい。

——それを俺以外にもやるつもりなのか。

考えるより早く、爽磨は立ち上がって店員から冷たいおしぼりを貰い、誠の頬に押し当てる。

「爽磨……！　さっきから何やってるんだよ！」

「だって酔ってるみたいだから！」

爽磨に触れられて赤くなる誠の頭を、大毅と言い争いながらラグビーボールのように奪い合う。

「大毅だって俺に同じことするだろ⁉」

「そうだけど、爽磨が誠にそこまで世話焼くことないだろ⁉」

でも俺がやらなきゃお前が世話を焼くんだろ？　とは言えず、爽磨は口ごもる。

だって、誠はかなり大毅と仲が良さそうだ。きっと当然のように一口あーんもするし、酔ったら肩に凭《もた》れさせたりしてしまう。

それに大毅は電話でのアレも男友達なら普通と言っていたし、誠ともそういうことをしているのだろうか。

友達相手でさえ、大毅が自分以外の誰かに触れると考えただけでこんなに苦しいのに、今後大毅に恋人ができたら、自分はどうなってしまうんだろう。

考え始めたら無性に焦燥感に駆られ、同時に苛立《いらだ》ちが増していく。

「なんで大毅がそんなに怒るんだよ！」

「爽磨がそんなんだから、今までも変なやつに言い寄られてきたんじゃないの⁉」

「は？　何それ、修羅場に巻き込まれたのも俺が全部悪いって言いたいわけ？」

「そうは言ってないだろ！　ただ俺は——友達として危機感のなさを指摘しただけというか……」

大毅の台詞《セリフ》は急に歯切れが悪くなったが、爽磨には十分な威力があった。下を向いてぐっと唇を噛みしめる。

あんなに嬉しかった友達という言葉が、今はただ虚《むな》しく耳の奥に響く。

ここから先には立ち入るなと——大毅が爽磨にするのと同じことを他の友達にもしていようが、恋人ともっと甘い触れ合いをしていようが、爽磨に口出しをする権利はないと言われたように感じた。

「もういい」

「え、そ、爽磨……」

じわっと涙の浮かんだ瞳で大毅を睨みつける。

「絶交だ！」

財布から適当に金を抜いてテーブルに叩きつけ、爽磨は荷物を引っ掴んで席を立つ。

「はあ⁉　ちょっと——」

大毅が立ち上がろうとしたところで、二人のあいだで頭をシェイクされてすっかり青くなった誠が「ぼえ……」と危険な音声を発した。

ぎょっとした大毅の「待て」とか「耐えろ」とか言う声に背を向け、爽磨は店をあとにした。

帰宅してすぐ、爽磨はベッドに伏せて涙に暮れていた。

「絶交って言っちゃった……」

大毅は捻くれているくせに本当は寂しがり屋な、めんどくさい自分と友達になってくれた。彼と過ごす日々は楽しくて、爽磨の孤独は癒え、他人と関わることへの抵抗が少しだけ減り、恋をする気持ちを知ることができた。

――それだけで十分なんだよな。

ゆっくりと顔を上げた爽磨は、目を閉じる。大毅はいつだって優しかった。今回喧嘩になってしまったのは、そもそも自分が勝手に妬いて焦ってイライラしたからだ。

「そうだよ、とにかく絶交は取り消さないと」

今まで大毅がくれた幸せな時間を思い出し、彼との関係をこんなふうに終わらせてはいけないと思った。

仲直りできたとしても、一片の曇りもなく友達だと言われているから、恋愛に発展することはない。それはそれでつらいけれど、大事な人と絶交なんて最悪な形で赤の他人に戻るよりはいい。

深呼吸をしてスマホを手に取った瞬間、電話が鳴った。表示されている名前は、爽磨がまさに今から連絡しようとしていた彼だ。

謝らなきゃ、と慌てて通話ボタンをタップすると、開口一番「ごめん！」と謝られた。先を越された。

『爽磨が恋愛不信になるくらい嫌な思いしてたの知ってるのに、そっちに非があるみたいな言い方してごめん。最近爽磨が丸くなったたから忘れかけてたけど、出会った頃なんて手負いの虎みたいな威嚇をして自己防衛してたのもわかってるんだ。さっきあんなふうに言っちゃったのは、爽磨のこと――』

「俺の方こそごめん、ちょっと軽率だった。友達だから心配してくれたんだろ。俺もお前をちゃんと友達だと思ってるから、絶交は撤回《てっかい》させてくれ」

必死に謝罪の言葉を言い募《つの》る大毅は、やっぱり優しい。自分の恋心のせいで、こんなに綺麗な友情まで失ってしまうくらいなら、この気持ちは封印しよう。現状維持《いじ》が、きっとベストな選択なんだ。

普段なら絶対に言わないような台詞を爽磨が言ったせいか、大毅はしばらく黙ったあと、ふーっと息を吐いた。

『そうだな、もちろん友達だ』

「うん、俺たちは友達だ」

そう自分に言い聞かせても胸の痛みが引かなくて、爽磨は何も言えなくなった。

二人のあいだに沈黙が落ちる。

『――あれ？　爽磨、今、外にいる？』

静まり返った空気の中で声を発したのは大毅だった。

「え？　自宅の寝室だけど」

『いや、今、二人して黙って気付いたんだけど、なんかノイズがすごいなって。ポルターガイストでも起きてるの？』

「起きてたらこんな悠長に話してるわけないだろ！」

要領を得ない質問に思わず声を荒げつつ、念のためリビングを一周したが特に何も起こらない。

スマホから彼の唸り声が聞こえてくる。

『……盗聴器』

突然、大毅が深刻な声で呟いた。

『その部屋盗聴されてるかも』

「盗聴⁉」

つい叫んでしまい、焦ったようにシーッと言われる。

『今日、店に行く前に爽磨の部屋を点検しただろ』

たしかに夕方、爽磨の部屋に立ち寄って霊がいないことを確認してくれている。でもそれがどうかしたんだろうか。

『で、今も電話越しに霊の気配はしないのに、電波にノイズが入ってる。霊は電子機器に干《かん》渉《しょう》するから、近くに霊がいるならそいつの仕業だけど、そうじゃないということは――』

盗聴器が仕掛けられているとスマホの電波に影響を与えるというのは、モテ受難ゆえにストーカー被害に遭ったことがあるので爽磨も知っている。だからこそ日頃から戸締まりには気を付けているし、転居後に鍵を換えたりと対策はしていた。

今は職場も行きつけの店も安全で、プライベートもほとんど大毅と一緒だから安心していたというのに……と青くなる。

『それに今考えると変なんだよ。前に爽磨の家のシャワーが止まって、元栓が締まってたことがあったじゃん』

「子ども霊がいたずらしたやつだろ？」

一緒にシャボン玉で遊んだ子ども霊を思い出す。無邪気に喜ぶ姿に少なからず情が湧いてしまっていたので、ボスの風格漂《ただよ》う茶トラ猫を追いかけて行った小さな背中が昨日のことのように目に浮かぶ。

『あのときは俺、ちょっと色々あって動揺してたから、近くを駆け回ってたあの霊のいたずらだと思い込んでたんだけど……あの子、シャボン玉に触ろうとしても触れてなかったよな』

そう言われてゾッと背中を冷たいものが走った。

『ドアノブで首を吊ってた原田《はらだ》さんみたいに物に干渉できる霊もいるけど、あの子にはそんな力もなかった。ということは、人間の仕業だったんじゃ……』

「一体誰がそんなこと――」

『わからない。とにかくすぐに爽磨の家に行くから、俺が着くまでちゃんと戸締まりして待ってて』

大毅は外にいるようで、耳元で風の音がする。店からの帰り道なのかもしれない。

「わ、わかった」

震える声でなんとか返事をすると、大毅は走る速度を増したのか、いっそう風の音が大きくなったのを最後に電話は切れた。

思わぬ事態に戦慄《せんりつ》しつつ、自分を心配して走っている大毅を思うとほんの少し恐怖が和らいだ。

――ピンポーン。

数分後、インターホンが鳴った。

「大毅、早かったな――え？」

一秒でも早く彼の顔を見て心を落ち着けたくて、ドアスコープも覗かずに玄関扉を開きかけたのがまずかった。急にその隙間から、誰かの手がぬっと出てきて扉を摑んだ。大毅がそんなことをするわけがない。だとしたら、この手は――。

反射的に閉めようとした扉が、反対方向に強い力で引っ張られる。

――や、やばい、スタンガン……！

護身用のスタンガンを手に取ろうとしたけれど、あれは大毅と過ごすようになって、安心感から保管場所を忘れてしまった。探しに行こうにも、ドアノブを死守していたら到底無理だ。

「うそ、何、誰――」

爽磨は力で負け始め、徐々に扉が開いていく。ぎぎ、と相手の顔が半分ほど見え、息を呑んだ。隣の部屋の江藤《えとう》だった。普段は青白い顔が今は紅潮し、鼻の穴を広げて息を荒らげている。

「へへ、どうも」

にやにやと薄ら笑いを浮かべた彼は、身体が入るまでもう一息とばかりに力を込める。

「開けてよ、千野《ちの》さん。気付いちゃったんでしょ？　さっき『盗聴⁉』って叫んでたもんね」

ちらりと男の手元で何かが光る。刃物だ。包丁らしきものを持っている。

「爽磨！」

遠くから大毅の声が聞こえる。おそらくマンションの前の坂道を駆け上がっているのだろう。彼が助けに来てくれる。でももう手が限界だ。大毅が到着するまでに押し入られて、刃物で一突きされてしまうかもしれない。

――こんなことなら気持ちだけでも伝えればよかった……！

振られることが確定的だったとしても、素直に好きだと言えばよかった。関係を変えようと努力すればよかった。

大毅と出会う前、一人で心霊現象に耐えていたときは、原田や子ども霊のような可愛げのある霊がいるなんて想像できなかった。孤独で心が捻くれていたときは、大毅みたいな友達ができる日が来るとは思わなかった。

恋愛不信だった自分が、彼に恋をするなんて夢にも思わなかった。

生きていれば、良くも悪くも予想外なことがたくさん起こって、その時々の自分の行動次第で未来だって変えることができたはずなのに。

後悔が頭を過った瞬間、突然扉が重くなった。なぜか閉めることも開けることもできない。江藤もあと一息というところで動かなくなった扉に首を捻っている。

「ぎゃっ」

直後、ウニャーッという猫の鳴き声とともに扉の外で叫び声が上がった。それから十秒くらいしてから、扉のすぐ外で大毅の怒声と人が吹っ飛ぶ音が聞こえる。

状況はよくわからないけれど、とにかく大毅が来てくれたのだ。爽磨は急いでスマホで一一〇番通報する。

「盗聴器も元栓もあんたか！　なんで爽磨にこんなことするんだよ！」

「だ、だって、怖がってる彼は可愛いじゃないか！」

爽磨は通報しながら扉から半身を出して外の様子を窺う。二人は言い争ってはいるものの、完全に取り押さえられた江藤は抵抗することは諦めている。

大毅も無傷のようだ。しかし一安心した爽磨を目にするや否《いな》や、江藤はうつ伏せにされたまま恍惚《こうこつ》と語り始めた。

「僕はもともと、人の恐怖する顔や声が好きなんだ。だからほんの出来心で事故物件の話をしたとき、平静を装おうとしながら真っ青になって怯える千野さんに恋をした。もっと怖がらせたくなった」

怖がった相手を守るていで接近して仲を深めようとするのが普通だと思うが、この男の場合はとにかく怯える爽磨を楽しみたかったのだというから、もはや理解不能である。

「そんな矢先に千野さんが僕の目の前で鍵もかけずに部屋を出て行ったものだから――」

大毅と出会った日、初めての心霊現象大爆発にパニックになった爽磨は、着の身着のままで自宅を飛び出した。それがちょうど、江藤が帰宅して自宅の玄関に入ろうとしていたときだったらしい。

普段は戸締まりにも気を付けている爽磨だが、あのときばかりはそれどころではなかったし、江藤の存在にも全然気付かなかった。そのあと一階のエントランスに人の出入りもなかったので油断していた。

江藤は施錠されていない爽磨の部屋の扉を横目で見て魔が差し、絶賛ポルターガイスト中の真っ暗な部屋に侵入した。そしてストーカー気質ゆえに自宅に常備していた盗聴器を爽磨宅の寝室に設置したのだ。

あの日、外の花壇から自室の窓を見て火の玉だと思ったものは、江藤の足元を照らすスマホのライトだった。

「もしかして夜中の無人ピンポンも――」

「僕だよ、僕。インターホンを押してすぐに隣の自室に逃げ込んでたから、廊下に誰もいなくて怖かったでしょ。扉の開閉音で気付かれちゃうかと思ったけど、このマンションは防音がしっかりしてるから助かったよ」

なぜか誇らしげな顔で言われ、さらに身の毛がよだつ。

「でもこの男がとにかく邪魔で。水道の元栓を締めて、確認しに出てきた千野さんを襲ってみようかと勇気を出したこともあったんだけど、こいつが出てきちゃうし」

盗聴器は寝室に仕掛けていたから、あの日玄関から風呂場に直行した大毅の存在に江藤は気付かなかったらしい。

しかし爽磨が一人のときだったらと考えると血の気が引く。

「あのとき廊下にいた住人はあんたか！　くそ、その直前のことで頭がいっぱいで全然認識してなかった……」

恨めしげな顔をする江藤を、大毅は射殺す勢いで睨んでから悔しそうに項垂れた。

直前に何かあったっけ？　と爽磨が思い出す前に、江藤は言葉を続ける。

「ベランダから覗いてたら目が合ったときは焦った。まあ、生首の幽霊だと勘違いしてくれて助かったけど、テレフォンセックス始めたのは興ざめだったな」

なんと窓の外に浮かんでいた生首も、隣のベランダとの仕切り板の外側から顔だけ出して爽磨の部屋を観察していた江藤だった。

爽磨は狂人の思考回路に青ざめながらも、やっぱりあれはテレフォンセックスだったのかと場違いに赤くなった。

「玄関に手形を付けてもこいつが邪魔しに来るし――盗聴器も発見されちゃって、もう千野さんを観察できないのかと思ったら、最後に特大の恐怖に怯える顔を見たくなって……」

そう言って没収された包丁を見つめた江藤に、ついに大毅が激昂《げっこう》した。

「あんたが爽磨の怖がる姿が好きってのはよくわかった。でもな、好きだからって何してもいいってわけじゃないだろ⁉　あんたみたいに、相手の気持ちも考えずに欲望ばっかりぶつけてくるようなのがいるから、この人の恋愛不信が治らないんだよ！　こっちはあんたとは比べ物にならないくらい爽磨のことが大好きで大切で、爽磨が恋愛したくなるまでなんとか友達でいなきゃって必死に気持ち抑えてるんだぞ馬鹿野郎！」

「へ」

突然の告白もどきにぽかんとした顔で大毅を見つめると、彼はハッと硬直した。

「そうじゃない、ええと、これは――」

大毅が狼狽え始めたところで警察が到着し、江藤は連行されて行った。爽磨の部屋に仕掛けられた盗聴器はコンセント型のもので、普段あまり使っていないコンセントを探したらすぐに発見されて押収《おうしゅう》された。

先程の大毅の発言について確認したかったが、爽磨たちも署で事情聴取に協力しなくてはいけない。爽磨が出かける準備をしているあいだも、警察官は駐車場で待っている。

「おっ、と。大丈夫か」

靴を履いて玄関を出ようとした爽磨が蹴躓くと、まだ少し気まずい顔をした大毅が咄嗟に支えてくれた。

「わ、悪い――うわっ」

大毅に触れた直後、玄関のドアノブで首を吊る原田が見えた。何度見ても衝撃的なスタイルに爽磨は思わず後ずさる。

【ご無沙汰してます。実家で過ごして満足したのでそろそろ成仏しようと、大毅さんに教わった神社仏閣の方向へ移動していたところ、ここを通りかかりまして。微力ながら助太刀《すけだち》させていただきました。ドアノブで首を吊ってドアをひたすら重くすることしかできない無力な霊でしたが、最後の最後にお役に立ててよかったです】

微笑みを浮かべた原田は、ふわりと浮き上がってネクタイを締め直した。足元では大きな茶トラ猫を連れた、あのときの子ども霊が笑っている。

原田がドアを動かせなくして時間を稼《かせ》いでくれなかったら。子ども霊が連れてきた猫が江藤に突撃していなかったら。大毅が来る前に玄関を突破され、最悪の事態になっていたかもしれない。

「二人とも、爽磨を放っておけなかったみたいだな。爽磨、ちゃんと友達作れるじゃん」

大毅が隣にいてくれたから、彼らとも話すことができたのだ。自分一人で見ていた景色は敵ばかりで、他人を思いやる余裕なんてなかった。だけど大毅と一緒に見る景色は、一見怖いはずの幽霊を気遣えるくらい優しかったから。

「……ありがとう」

涙ぐむ爽磨に一礼した原田は、子ども霊と手を取り合って光の中へ消えて行った。

「じゃ、行こっか」

「うん」

温かくて大きな手で爽磨の手を握ってくれた大毅に促されて、爽磨はゆっくりと歩き出した。

事情聴取から解放された二人は、再び爽磨の部屋の玄関で向き合っていた。

「爽磨、あの、さっき江藤に叫んじゃったことなんだけど……」

珍しく視線を彷徨わせた大毅が続けるのを制して、爽磨は深呼吸して顔を上げる。

「ごめん」

目を見て伝えると、大毅の顔がみるみる強張《こわば》った。

「あ、そうじゃなくて、俺もう恋愛不信じゃないんだ。大毅のことが好きになったから」

喧嘩の謝罪も告白もどきも先を越されてしまったけど、ちゃんとどっちも自分の口で言わなきゃ。緊張で震える声で伝えると、大毅は目を丸くしてこちらを見た。

「誠くんの世話を焼いたのも、大毅が彼にチーズを食べさせたりおしぼり当ててあげたりするのを見たくなかったからなんだ。二人は随分仲が良さそうだったから、その、俺と電話でしたようなこともしてるのかなって。そんな想像をしてイライラして、俺は所詮友達止まりだから、大毅が他の友達や恋人にどんな触れ方をしててもとやかく言う権利はないんだってことまで勝手に考えて、つい喧嘩腰に……大毅は俺のこと心配してくれてたのに、ごめん」

せっかく好きになってもらえたみたいなのに、そんなことで嫉妬していたなんて知られたら幻滅されてしまうかもしれない。

でも大毅には強がりもプライドも取っ払って正直に話そうと決めたので、頑張って言葉を振り絞る。

「あー……まじか」

突然、大毅がその場に崩れ落ちた。

「俺が誠にそんな丁寧に世話焼くわけない……チーズだって皿から自分で取らせるし、酔ったなら水飲めって言うつもりだったし。というか、そうそうカジュアルにテレフォンセックスみたいなことするかよ……」

「だって友達なら普通って――あれ、嘘だったのか⁉　やっぱりな、変だと思ったんだよ」

赤くなった顔を押さえて蹲る爽磨を、大毅は謝りながら抱きしめてくる。

「ごめん。実は俺もやたらと誠に甲斐甲斐しい爽磨を見て嫉妬してた。それで爽磨をお門《かど》違いに責めて……もう一回謝らせて。すみませんでした」

二人して誠に妬《や》いていたのだとわかり、一気に脱力する。そして完全に被害者の誠には、後日お詫《わ》びをしようと頷き合う。

「で、さっきはストーカー野郎に向かって叫んじゃったから、今度はちゃんと爽磨に告白させてほしい」

抱きしめていた身体を離した大毅は、真剣な顔で爽磨の瞳を見つめた。

「俺、爽磨のことが大好きだよ。最初は困ってる爽磨を放っておくのが忍びなくて友達になっただけだったけど、だんだん爽磨の傍にいると癒されるようになって、気付いたら特別な人になってた。爽磨は大事な友達だけど、それだけじゃ足りないんだ。これからは霊でも人でも、すべてのものから爽磨を守るから、俺の恋人になってください」

明るい笑顔で笑いかけられて、爽磨は愛しさで胸が苦しくてうまく声が出ない。ぶんぶんと首を縦に振りながら、大毅の肩口に顔を埋める。

「……一片の曇りもない友達なんて言うから、全然脈がないんだと思ったぞ」

「そりゃ友達として泊まったり名前呼びにしたりするだけで嬉しそうにするのを見たら、下手に俺の気持ちを押し付けて台無しにする気にもなれなくて……爽磨の恋愛不信が治るまでは友達でいようと思ってたのに、あんな電話しちゃったから、なんとか誤魔化そうと必死だったんだよ」

爽磨のぎこちなさすぎる恋心に、勘がいい大毅がまるで気付かなかったのは、彼自身の気持ちを隠すことに注力していたためらしい。

大毅は爽磨の気持ちを優先してくれたようだが、互いに友達という関係が引っかかり、見事にすれ違っていたというわけだ。

でも自分がもう少し素直に振る舞えていたら、あんなに悩むこともなかったのかもしれない。

天邪鬼な爽磨には難しいときもあるだろうけれど、これからは気持ちを伝える努力を怠《おこた》らないようにしようと内心で反省する。

「俺、恋愛自体無理って思ってたから、自分が誰かを好きになるなんて思わなかった。たしかに結構初めの頃から、大毅の傍にいると安心するし、一緒にいると楽しくて幸せだった。でもまあ男同士だし友達ってこういうもんだったのかなって思ってたんだけど、電話でその、ああいうことになったとき、理想の相手って言われて大毅が思い浮かんで……というか序盤からこの手が大毅だったらとか考えてたし、最後の方は大毅に組み敷かれる想像とかしてて――」

爽磨はものすごく動揺したというのに、次の日けろっとした顔で「友達なら普通」と言われ、ショックとともに恋を自覚したのだ。

「ストップ」

自分にしては珍しいくらい素直に、彼を好きだと気付いた経緯を包み隠さず話しているのに、急に遮られた。

なんだよ、と見上げると、彼の顔はびっくりするくらい真っ赤になっている。

「あのね、俺のこと信頼してくれてるのはわかるけど、そういうこと言われると実践《じっせん》したくなっちゃうから。ほら、ちょっとは威嚇して」

眉を八の字にさせてそんなことを言われたので、一応くわっと威嚇顔をしてみたが、「子猫かよ」と嘆かれた。

その反応が妙に可愛くて、爽磨は彼の厚い胸にぎゅっと抱き付いた。

「実践してもいいんだけど」

胸元に顔を埋めたまま言ってから、ふと思い直して顔を上げ、大毅の揺れる瞳をまっすぐ見つめる。

「嘘。して。してもいいじゃなくて、俺がしてほしい。恋人にしかしない触れ方で、俺に触ってほしい」

素直に彼を求めたら、背骨が軋《きし》むほど強く抱きしめられ、荒々しく唇を奪われた。歯列をなぞられ舌を吸われる。呼吸をするのも疎《おろそ》かになり、酸欠で頭がくらくらする。

「爽磨、鼻で息して。立てる？　ここに摑まって」

すっかり大毅に身を任せていると、抱っこされてベッドに運ばれ、彼が覆いかぶさってくる。

あの夜に電話越しに想像した通り、彼に組み敷かれている。

「爽磨の心臓、ドキドキしてる」

「そんな――あっ」

胸に手を当てられて跳ねる鼓動を指摘され、言い返そうとしたらシャツの上から指で乳首を擦られた。大毅に触れられてみるみる尖っていくそれが恥ずかしくて、爽磨は唇を噛んで震える。

「電話でここ、どうやっていじってた？」

「そ、それは……」

「その通りにしてあげるから、教えて」

布越しにじわじわと刺激されるのに耐えられなくて、爽磨はシャツをたくし上げて指先で自分の胸をかりかりと引っ掻く。

「大毅の手でこうされるの、想像してた……」

半端な快楽に身を捩《よじ》りながら白状すると、ごくりと生唾《なまつば》を飲んだ大毅が爽磨の手を退《よ》けて、赤く実ったそこに触れる。

「やばい、可愛い」

「やぁっ」

先端をぴん、と弾《はじ》かれ、あられもない声が出る。焦って口をきゅっと結んだら、大毅はさらに反対側の乳首を舐め始めた。

「な、舐めろとは言ってない……っ」

恥ずかしすぎて涙目で睨んだものの、「嫌？」と聞かれると首を縦に振れない。

「嫌ではない……」

「なら続けていい？」

上目遣いで尋ねてくるものだから思わず頷いてしまったが、爽磨はこのあと泣くまで乳首を飴玉《あめだま》のように舌で転がされるという地獄を味わうこととなった。

「ごめん、まさか泣くとは思わなくて」

完全にへそを曲げてしまった爽磨の頭をよしよしと撫でた大毅は、機嫌を取るように頬にキスをしてくる。そんなことで絆《ほだ》されないぞ、と頬を膨らませてみたが、すぐに顔が緩んでしまい、自らのチョロさに項垂れる。

「たくさんご褒美《ほうび》あげるから」

最後に唇にちゅっとしてから、爽磨のズボンと下着を取り去った大毅は、自分もシャツを脱ぎ捨てた。

沖縄旅行のおかげで綺麗に日に焼けた逞《たくま》しい身体に見惚れていると、大毅はなんの躊躇《ちゅうちょ》もなく爽磨の性器を口に含んだ。すでに先走りでぐしょぐしょのそこに生温かい舌がまとわりつき、腰が溶けそうになる。

「あっ、馬鹿。それダメだって……!」

「気持ちよくない?」

正直に言って、と自身の先端を責めながら言われ、爽磨は「気持ちいぃぃ……」と半泣きで申告する。

「ほんと、お前は……」

呻くように呟いた大毅は、じゅぽじゅぽと爽磨を口で扱き、絶頂に追い込んでいく。

「だ、大毅、もう――」

全身が快楽に粟立ち、頭が真っ白になりかけた瞬間、大毅は爽磨の根元をきつく握った。

「まだダメ」

「や、やだ、無理……っ！　ご褒美って言ったじゃないか！」

「爽磨、我慢」

意地悪な顔で乳輪を撫でられ、達してしまいそうになって慌てて下腹に力を入れて耐える。よく考えたら耐える必要なんてないのに、あの電話の名残《なごり》なのか、大毅の指示に従う習性ができてしまったらしい。

「俺も一緒にいきたいから」

欲望の色の滲んだ瞳が、爽磨を見据《みす》える。

「し、尻を使うのか……？」

ズボンを下ろす彼を見ていたら、つい怯んだ声が出てしまった。

ちらりと見ただけでもだいぶ立派な大毅のそれを入れるとなると、つい尻から真っ二つになる自分を想像してしまう。

大毅を受け入れたい気持ちはあるのだが、思春期の淡い恋愛すら避けてきた身としてはハードルが高いのは否定できない。

突然悩みだした爽磨をきょとんとした顔で見つめた大毅は、くすっと笑って抱き締めてきた。

「今日はしないよ。そんないきなりお尻使ったら、大変なことになるだろ」

そう言われて安心するも、そんなにあっさり引き下がられると申し訳ない気分になる。

「でも、その、先っぽくらいならいいぞ……？」

もじもじしながら言ってみたら、頬をむぎゅっと抓《つね》られた。

「ダメ。そんなところでお人好し発揮するんじゃない。俺は爽磨の心も身体も大切なんだから」

頬をみょんみょん伸ばされてから、爽磨は膝を閉じて四つん這いの体勢にさせられた。ドキドキしながら待っていると、後ろから大毅が覆いかぶさってきて、腿のあいだに熱い剛直が入ってくる。

「う、わ……」

「そのまま、脚をきゅっと閉じてて」

耳元で囁かれて、腹の奥がきゅんとするのを感じながら一生懸命脚を閉じる。ずちゅ、と卑猥な音を立てて大毅が腿の隙間を出入りする。

「ひゃ――」

ぷるぷる震えていた爽磨の性器は不意に大きな手に包まれ、腰を打ちつけるタイミングに合わせて上下に激しく扱かれる。

「あ、あ、それ、やばい……っ」

「ほら、もうちょっと頑張って」

口ではそう言いつつ、大毅の片手は爽磨の胸の尖りを気まぐれにつまんでくる。濡れそぼった自身はぐちゃぐちゃに手で犯され、陰嚢《いんのう》までも大毅の剛直で擦られる。爽磨はシーツを摑んで従順に耐えているものの、快楽は非情な速度で押し寄せる。

「大毅、俺、もう――」

ぽろぽろと流れる生理的な涙を拭いもせずに振り返ると、大毅の荒い息が耳にかかった。

「いいよ、イって」

「――っ」

瞬間、爽磨は声もなく果てた。白濁《はくだく》が勢いよく放たれ、シーツへと落ちていく。腿の内側で大毅のそれもぶるりと震え、熱い飛沫《ひまつ》が爽磨の下肢《かし》を濡らした。

二人はそのまま、力尽きたようにベッドにうつ伏せに重なった。互いの息遣いと精液の匂いが部屋に充満していく。

「……大毅、他の友達とはこういうことしないよな?」

念のため確認すると、大毅はぶっと噴き出した。

「するわけないだろ！　爽磨こそ、他に友達ができても『友達なら普通』って言われてあんなことやこんなことされないでくれよ」

「大丈夫だろ。俺は警戒心が強い方だし」

自信満々に答えると、「心配だ……」と呻かれた。

二人で風呂に入り、シーツだけ替えたベッドに一緒に入ると、リビングからピシッピシッと

いう音が聞こえた。

「な、なんだ⁉」

あっさり言った大毅は、にやっと笑って顔を寄せてくる。

「ラップ音の数だけキスでもするか」

「もう、何言ってんだ」

恐怖より幸せの方が圧倒的に勝って、赤くなった顔で大毅の胸元に擦《す》り寄《よ》る。

「そうだ、さっき姉貴から彼氏と仲直りしたって連絡入ったから、早速明日からうちに来ない？　大して広くも綺麗でもないけど」

髪を撫でられてふにゃふにゃし始めた爽磨は、願ってもない誘いにひょこっと顔を上げた。

「いいのか？」

「恋人なら当然」

にっと笑った大毅にキスをされ、爽磨は「恋人……！」とひそかに喜びを噛みしめる。

「ほんっと、可愛いなぁ」

ぎゅっと抱きしめられ、彼の体温でうとうとしそうになる。鼻腔《びくう》には大好きな彼の匂いが広がり、耳には優しい声が響く。

霊も見ていられないほどの甘い空気だったのか、いつの間にかラップ音は消えていた。

大毅の腕枕に頭を乗せ、爽磨は目の前の愛しい男を見つめる。

「大毅、だいすき」

眠りに落ちる直前、心からの言葉を伝えた。

すぐに瞼《まぶた》が落ちてしまったので、大毅がどんな顔をしていたかはわからないけれど、唇に幸せな感触がした。

ふん
ふん

1DK怪異付き同《どう》棲《せい》生活

1DK KAIITSUKI DOUSEISEIKATSU

「大毅《だいき》、荷物できた」

自宅の寝室でボストンバッグに衣服を詰め終えた爽磨《そうま》が大毅を見上げると、彼は「じゃあ行こうか」と言ってそれをひょいと持ち上げた。

昨日――お盆最終日に、すったもんだの末に大毅と結ばれた爽磨は、引っ越しできる状況になるまで彼のマンションに置いてもらうことになった。大毅の部屋は霊道も通っていないし、何より霊感のある大毅が平穏に暮らしている環境なので、爽磨もいちいちポルターガイストに怯《おび》えなくて済む。

そんなわけで早速、仕事帰りにお泊まりセットをまとめに来たのだ。

「でも爽磨、本当にここはまだ解約しなくていいのか？　俺のところに来てくれるのは大歓迎だけど……心霊現象に加えてストーカー事件まで起きちゃったし、もし一刻も早く引っ越したいようなら、協力するから遠慮《えんりょ》なく言えよ」

「……だから、それはいいってば」

今夜ここに来るまでの道中でも、大毅は爽磨の精神衛生面を気遣《きづか》って、一時的に彼が費用を工面して今すぐ転居するという選択肢《し》も提案してくれていた。が、それは爽磨が断った。

「こういう関係になったからってお金の貸し借りはなるべくしたくない。それに二ヵ月くらいあれば引っ越し準備のための時間も費用も作れる。大毅の部屋に家具は持ち込めないから、次の物件が決まるまでここは解約できないけど、もともと事故物件で家賃が安いからそんなに痛手にはならないし」

爽磨が早口で必死に言い募《つの》ると、大毅はきょとんと目を丸くした。でも嘘は言っていない。心霊現象も江藤《えとう》の事件も怖かったけれど、そこも踏まえて真面目《まじめ》に検討《けんとう》した結果の答えだ。

ただ、爽磨が彼の親切な提案を断ったのは、それだけが理由ではなくて。

――せっかく恋人同士になったんだし、大毅の部屋にお泊まりしたい……。

初めての恋人と、期間限定とはいえ一緒に暮らせるのだ。この機会を逃《のが》したくないと思うのは、当然じゃないか。爽磨が口を尖《とが》らせて大毅をじっと見つめると、彼はこちらをしげしげと観察し、くしゃっと相好《そうごう》を崩した。

「うん、そうだな。プチ同棲《どうせい》、楽しみだな」

「……俺は何も言ってないぞ」

察しのいい彼には、浮かれた思考がバレバレな気がする。顔を赤くした爽磨はぷいっとそっぽを向き、寝室からリビングへ続く扉を開ける。照れ隠しでさかさかと先頭を切って進んだら、リビングの片隅から物音がして、爽磨は小さく飛び上がった。

「ぎゃっ！　今そこ、カタッて鳴らなかったか？」

「そんなに怖がらなくても平気だよ。爽磨の部屋、相変わらず悪い霊はいないから」

「別に怖がってはいない。で、でも、悪い霊はってことは、悪くない霊は……」

「それはまあ、霊道だし――あ、固まっちゃった。うちに来れば大丈夫だから、早く行こうな」

びくびくする爽磨と先頭を交代した大毅がリビングの電気を消した瞬間、電源を落としたはずのテレビからザーッとノイズが鳴り、「お……い……」と女性の声が聞こえた。

「ふぎゃーっ！　なんか聞こえた！　なんか聞こえた！」

「わ、爽磨、落ち着いて。よしよし、びっくりしたな」

音にビビった爽磨がタックルする勢いで飛びつくと、大毅は片手でしっかりと抱き留めてくれた。彼は荷物を持っていない方の手で、爽磨の背をぽんぽんと撫《な》でてくれる。

「あぁ、テレビ付近にいる霊の仕業《しわざ》だな……ほら、俺の旅行中、パニック状態の爽磨にテレビのノイズを通して『怖がらせてごめん』ってメッセージを送ろうとした霊だよ」

「うぅ……たしかにそんなこともあったけど、今度は何の用なんだ」

大毅から離れる勇気の出ない爽磨は、頼もしい彼に抱きついた状態のままずりずりと玄関に向かう。彼に触れているせいか、徐々にノイズに乗った声がはっきりしてくる。

【おでかけ……？　いって……らっしゃい……】

「……いってきます？」

相変わらず平和なメッセージを送ってくる霊に、爽磨は大毅の腕の中で混乱しながら応《こた》える。

大毅が耳元で「お人好《ひとよ》し」と笑った。

一時間後、爽磨は大毅の部屋でボストンバッグの中身を空《あ》きラックにしまい終えて、三角座りでラグに座っていた。

「爽磨？　なんでそんな隅っこでじっとしてるんだ？」

「べ、別に……」

風呂上がりの大毅に不思議そうに問われ、爽磨は決まり悪げに視線を逸《そ》らす。プチ同棲に浮かれはしたものの、何を隠そう爽磨は長いあいだ恋愛不信かつ友達ゼロだったため、他人の家に上がることに不慣れなのだ。どうしても緊張で挙動不審になってしまう。

「お湯が冷めないうちに爽磨もお風呂入っておいで。それと、ここは恋人の家なんだから、もっと寛《くつろ》いでいいんだよ」

「……察しがよすぎる」

拾った捨て猫を甘やかすみたいな口調の大毅になんだか照れてしまい、わざと拗《す》ね顔を作った爽磨は、いそいそと着替えを手にして「あ」と声を発した。

「部屋着、忘れた」

「そのくらい貸すよ。上下どっちも？」

「ズボンは持ってきた。上だけ借りてもいいか？」

「はい、どーぞ」

適当に手渡されたTシャツを抱《かか》えた爽磨は浴室へ向かい、しっかりと身体を洗う。

――昨日は最後までできなかったけど、今日こそは……！

初恋が実ったばかりなので、正直、具体的に何をどうすれば上手《うま》くいくのかはよくわからないが、気合いだけは十分で風呂から上がる。借りたTシャツを身に着けると、柔軟剤《じゅうなんざい》の匂いとともに、彼の優しい匂いが鼻腔《びくう》を掠《かす》めた。それだけで爽磨は幸せで身を震わせてしまう。

「大毅ー、風呂ありがと。使ったバスタオルってどうすればいい？」

「着替えもタオルも全部洗濯《せんたく》かごでいいよ。明日の夜にでも、他のものと一緒に洗濯し――」

濡れた髪をタオルで拭《ふ》きながら寝室まで行くと、振り向いた大毅は目を見開いて固まった。

「どうかした？」

「目の毒……じゃなくて、俺の服、ちょっと大きかったなって」

爽磨も身長は高い方だが体格がほっそりしているので、大毅の服は少し大きくて襟《えり》から鎖骨《さこつ》が出ているし、半袖《はんそで》の二の腕の部分もゆるっとしている。でもそれがかえって大毅に包まれている安心感があったりするのだが――。

「明日、爽磨のマンションに部屋着を取りに行こうな」

「…………うん」

明日には回収されてしまうと思うと名残惜《なごりお》しくて、爽磨は着ているシャツの匂いをすんと嗅《か》ぐ。大毅の服、もっと着てたいのに……とひそかにしょぼんとしていたら、こちらを見つめて何やら考えていた彼は「あぁ」と閃《ひらめ》いたような顔をした。

「でもやっぱり取りに行くの面倒だから、部屋着は今後も俺のでいい？」

「まあ、別に、いいけど……！」

またもやいろいろと察された気がするが、彼シャツ継続が嬉しくて、爽磨はパァッと顔を輝かせる。

「爽磨はほんと可愛《かわい》いなぁ。ちょっと待ってろよ──ほら、ここ座って。髪を乾かそう」

頬を緩《ゆる》めた大毅は洗面所からドライヤーを取って来て、寝室のベッドを背もたれにしてラグに腰かけて爽磨を呼ぶ。

「自分で乾かせるぞ？」

唐突な甘やかしモードについ首を傾《かし》げた爽磨も、「いいだろ、恋人だし」と返されたら舞い上がってしまい、そそくさと大毅の前に座った。温風と彼の指の感触が気持ちよくて、爽磨はうっとりと目を細める。

「──よし、完了。あ、これ姉貴がもういらないって言ってたし、爽磨に使おう」

先日までここに寝泊まりしていた彼の姉が置いていったというヘアオイルを手に取った大毅は、仕上げに髪を撫でるようにしてそれを塗《ぬ》ってくれる。ほんのりと甘い花の香りは、夢見心地な爽磨の気分とリンクしている。

「ふわぁ、気持ちよかった。さんきゅ。俺、ドライヤー片付けてくる──いてっ」

床に置かれたドライヤーを取ろうとした爽磨は咄嗟《とっさ》に手を引っ込めて、急に痛みの走った右手の指先を睨《にら》む。

「どうした？　怪我？」

「いや、ただの静電気。バチッと来た」

「まだ八月だけど、乾燥してるのかな」

大毅に右手を優しく包まれて、爽磨はぽっと頬を染めた。男らしい彼の顔が近付いてきて、目を伏せた爽磨にちゅっと啄《ついば》む程度のキスを繰り返す。

「おいで」

大毅に腕を引かれた爽磨が従順にベッドに腰かけると、そのまま押し倒されて唇を食《は》まれた。次第に深くなる彼の口づけに、爽磨も拙《つたな》いながらも懸命に舌を差し出す。くちゅ、と水音を部屋に響かせながら彼とのキスに夢中になっていると、不意にシャツの下に潜《もぐ》り込《こ》ませた手で胸の突起を引《ひ》っ掻《か》かれ、爽磨は嬌声《きょうせい》を上げた。

「あっ……んんっ」

「爽磨、可愛い」

爽磨のシャツをたくし上げた大毅が、期待に色づいた胸の果実に吸い付く。歯を立てられるとたまらなくて、喉の奥から子猫の甘え鳴きのような声が漏れるのを我慢できない。

「この色気で、この初々《ういうい》しさは反則だよな……」

無駄に人の目を引く見た目とは裏腹にこういった経験が皆無だったので、少し触れられただけで爽磨の全身は火照《ほて》ってしまう。犯すような視線と執拗《しつよう》な愛撫《あいぶ》ですっかり兆《きざ》したそこを布越しにひと撫でしたあと、大毅は容赦《ようしゃ》なく爽磨のズボンと下着を取り去った。恥ずかしい姿を晒《さら》された爽磨は、真っ赤な顔で彼を睨む。

「や、やだ、電気、消して……っ」

「……爽磨に優しくしたい気持ちと同じくらい、いじめたくなるのはどうしてだろう」

何やら不吉なことを呟いた大毅は、にこっと笑って爽磨の性器を口に含んだ。彼の口内は温かくて、軽く裏筋を舐《な》められただけで爽磨は期待に蜜《みつ》を零《こぼ》す。

「あっ、馬鹿、そんなとこ舐めろとは言ってない……っ」

「気持ちよくない？」

「うう、気持ちいい……」

舌で鈴口《すずぐち》を刺激された爽磨は早々に快楽に負け、明るい部屋で喘《あえ》ぐ羽目になった。頬を窄《すぼ》めた彼の口全体でじゅぶじゅぶと扱《しご》かれるたびに細い腰は淫《みだ》らに跳ね、目の前がちかちかとスパークして限界を知らせてくる。

「あ、待って、ダメ……！」

内腿《うちもも》を痙攣《けいれん》させた爽磨は、絶頂寸前で大事なことを思い出して再び抵抗を始めた。力の入らない指で大毅の髪を摑んだものの、彼が爽磨の性器から口を離す気配はない。

「い、イきそうだからっ」

「んー？　いいよ、口に出して」

「なっ……そうじゃなくて、今日は最後までしたいのに、俺だけ──っ」

「えっ」

瞬間、動揺と興奮の混ざった声を上げた彼に強く吸い上げられて、爽磨は下肢《かし》を震わせて呆《あっ》気《け》なく果てた。屹立《きつりつ》をくわえたまままちらりとこちらに視線を寄こした彼に、爽磨は荒い呼吸を繰り返しながら抗議の視線を向ける。

「……っ、大毅のバカ」

「ごめん、爽磨があんまり可愛いことを言うから。でも最後までしたいって思ってくれて嬉しいよ。じゃあ、今日は少しだけ先に進もうか」

口の中に溜《た》めた白濁《はくだく》を自らの手の平に吐き出した大毅は、唇を舐めてから甘く笑んだ。彼の口内に発射してしまった羞恥《しゅうち》がぶり返し顔を背《そむ》けた爽磨がうーうー唸《うな》っていると、大毅は小さく笑って頬にキスをくれる。

「んっ……」

不意に後孔《こうこう》に何かが触れて、爽磨はぴくりと身を硬くした。状況的に、このぬるついた感触はもしかしなくても、爽磨の放った精液と、彼の唾液《だえき》の混ざったものだろう。

「爽磨、力抜ける？」

蕾《つぼみ》の周りをゆっくりとマッサージしながら爽磨を気遣い、こめかみに何度も口付けをくれる彼は優しい。優しいのに、少しだけ怖い。目を伏せて睫毛《まつげ》を震わせた爽磨は気を紛《まぎ》らわすように、大毅の首に腕を回してぎゅっと抱きつく。

「爽磨、大丈夫？」

爽磨は頭を彼の肩口に押し付けたまま、無言でこくこくと頷く。片手で髪をしばらく撫でてもらっても、今まで誰にも触れられたことのない場所を暴かれると思うと、爽磨の身体は不安と恐怖で強張《こわば》ってしまう。

——この程度でビビっちゃダメだろ、俺。恋人同士なら普通のことのはずだし、大毅だって先に進みたいって思ってくれてるんだから……！

なんとか自分を奮《ふる》い立《た》たせようと気合いを入れたものの、後孔に指先を入れられた瞬間、彼に抱きつく腕に力を込めてしまった。おそらくまだ指の先端なので痛みは感じないが、湧き上がる異物感に涙が滲《にじ》む。

密着した体勢で耳元にかかる彼の吐息は熱く、爽磨に欲情してくれているのがわかる。こんな状態で中断させるのは申し訳ないし、爽磨自身も彼に抱かれたいと望んでいる。だけど心も身体も準備不足で、彼を迎え入れられそうにない。愛されたいのに、怖い。

——どうしよう……っ。

気付けば頭の中は不安でいっぱいになり、涙がぽろぽろと出てきた。泣いていることを悟られたくなくて、爽磨はひたすら身を硬くして耐える。そのとき、大毅が不意に耳元でふっと息を吐いた。爽磨の蕾を愛撫していた手が離れる。

――怒った？　呆《あき》れた？

混乱した頭では、悪い想像ばかりが広がる。恋人の顔を見る勇気が出なくて、爽磨はより強固に彼にしがみつく。

「爽磨」

いつもと変わらぬ優しい声で呼ばれ、頭を何度かぽんぽんと叩かれたところで、爽磨はようやく腕の力を抜いた。そうだ、大毅がそんなことで機嫌を損ねるはずがない。案の定、爽磨を抱き起こした大毅は、両手で爽磨の頬を包んで額と額をこつんとくっつけてきた。

「泣くほど怖いなら言わなきゃダメだろ」

「……怖くないし」

ぐすっと鼻を啜《すす》りながら言ったところで説得力なんてないけれど、爽磨は涙目で強がる。

「ちょっとびっくりしただけ。ちゃんと最後までできるもん」

「うん、でも今日はこのくらいにしておこうな。徐々に慣らしていけばいいんだから」

額を離した大毅は、宥《なだ》めるように爽磨の髪を撫でてくれる。おかげで涙は止まったし、気持ちも落ち着いた。けれど爽磨はどうしても悔《くや》しくて、ぷくっと頬を膨《ふく》らませる。

「でも俺……大毅のものになりたいのに」

爽磨がぼそっと呟いた直後、髪を撫でる大毅の手が止まった。不思議に思って大毅に視線を戻すと、彼は目を丸くして固まったあと、じわじわと幸せが滲むみたいに表情を崩した。

「何、その健気《けなげ》なぐずり方……！　あぁ、もう俺、爽磨のことが大好きだよ。これ以上ないほど愛してる」

「な、なんだよ急に」

「ほんとに、爽磨の何もかもが大事なんだ。だから、こういうことも少しずつ進めていこう」

唐突に愛情を爆発させる大毅に顔を赤くして戸惑った爽磨だが、鼻先が触れる距離でそんなふうに微笑《ほほえ》まれたら、照れくさいやら嬉しいやらでにやけてしまう。優しい眼差《まなざ》しで「な？」ととどめを刺されて、爽磨はきゅんきゅんとときめく胸を押さえて首を縦に振った。

そのあとはお互いを慈《いつく》しむように戯《たわむ》れ合《あ》い、ふと時計を見て明日も仕事があることを思い出し、二人して慌てて寝る支度《したく》を整えた。

大毅に腕枕をされてうとうとしながら、爽磨は彼と一つになれる日を思い描く。少しずつでも慣れるように頑張ろう、とリベンジを誓《ちか》う夢の淵《ふち》で、額におやすみのキスが降ってきた。


プチ同棲を開始して初めての週末、二人は街をぶらついていた。八月後半、コンクリートに囲まれた大通りは暑いけれど、大毅が一緒だと汗を拭いながら日陰伝いに歩くだけで楽しい。

「爽磨はどこか入りたい店ある？」

「そうだな、軽く秋服のチェックとかしたいかも」
澄まし顔でショーウィンドウを眺めるふりをしつつ、爽磨は隣を歩く大毅を盗み見ては
「デートだ……！」と幸せを噛みしめる。三メートル歩くごとに彼をチラ見していたら、つい
に眦《まなじり》を垂《た》らした大毅と視線がかち合ってしまった。浮かれているのがバレているような気がし
て、気恥ずかしさに頬を染める爽磨に、どこからともなく黄色い声が聞こえてくる。
「ねえ、あの人たちかっこよくない？　特に細身の人、モデルかな」
「あの色気、やば……俺、男もイケるタイプだったのかも」
「わしがあと六十歳若ければ……」
行く先々で老若男女が自分を振り返っていることには気付いていた。その都度、大毅が盾《たて》に
なり視線で牽制《けんせい》してくれていることも。頼りになる恋人のおかげで、彼らは遠巻きにこちらを
見つめるだけにとどまっている。一人だったら面倒事に巻き込まれていたことだろう。
「爽磨の視線吸引機っぷりがレベルアップしてる……誠《まこと》にも『千野《ちの》さんの輝きが増してる』っ
て言われたしな」
勘違いで痴話喧嘩《ちわげんか》に巻き込んだことへのお詫《わ》びと交際報告を兼ねて、昨日行きつけの創作居
酒屋で、大毅と一緒に彼の友人の誠に夕飯をごちそうした。
「誠の言ってた餃子《ぎょうざ》、食べた方がいいんじゃない？」
「何をバカなこと言ってるんだ」

ほわほわと幸せそうに大毅の手から丼《どんぶり》アイスを食べさせてもらう爽磨を見て「いろいろやばい」と目頭《めがしら》を押さえた誠は、大毅に向かって「うちの近所ににんにくが売りの餃子屋があって、粋久菜《いきくさい》って店名通り一口食べただけでめちゃくちゃ息が臭《くさ》くなるから、千野さんに欠点を作りたくなったら来いよ」とよくわからないアドバイスまでしていた。

「いや、これだけ魅力が爆発してると、俺がいないときは『殺人的に臭い息』くらいの武器は持っていてほしいかも……っていうのは半分冗談で」

「半分本気なのか」

「半分強ね。で、爽磨、大丈夫か？」

「まあ、たしかに視線は感じるけど……」

爽磨がそう言って、たった今視線を感じた方向をバッと振り返ると、ビルとビルのあいだの陰にゴミ袋がデーンと置いてあった。肩を震わせた大毅が、目で反対方向を示してくれる。

「ふっ、爽磨、そっちじゃないってば。熱視線を送ってる人たちは、あっち」

「い、今のはちょっと間違っただけだ」

「初めて爽磨の部屋に行った日も、爽磨は俺に尻《しり》を向けた無防備な体勢でスタンガンを探してさ。あのトロくささを見せつけられたおかげで放っておくのも忍びない気持ちになって、爽磨に構うようになったんだよなぁ――って、あれ？　今なんか変だったような……」

懐かしむように頬を緩めた大毅は、ふと首を捻った。爽磨がどうしたのかと尋ねようとしたところで、二人組の若い女性が「二対二でお茶しませんかぁ」と駆け寄ってくる。咄嗟《とっさ》に爽磨は逆毛《さかげ》を立てて警戒モードになったものの、大毅がその大きな背中に爽磨を隠してくれて、穏便かつ有無《うむ》を言わせぬ態度でお断りしてくれたおかげで事なきを得た。

「爽磨、おうちデートに切り替える？」

爽磨が胸を押さえて「俺の恋人、頼りになりすぎる……っ」とときめいているのを、気分を害したと勘違いして気遣ってくれる大毅に、爽磨はふるふると首を横に振る。

「ううん、平気。……大毅がいるから」

上目《うわめ》で彼を見つめた先で、ぽかんと口を開けた大毅の頬がじわじわと赤くなる。甘酸っぱい空気に居《い》た堪《たま》れなくなった爽磨は近くのショップに向かって早足で歩き出したが、やっぱりデートなんだから隣を歩きたくて、結局途中で足を止めて彼を待つ。追いかけてきた大毅が隣に並んだので、改めて「これぞデートだ……！」と噛みしめていたら、砂糖菓子みたいな眼差しを向けられた。

「――なぁ、大毅。これとこれ、どっちがいいと思う？」

しばらくウィンドウショッピングを楽しんだ爽磨は、中価格帯のショップで一着だけ気に入ったものを購入することに決めた。引っ越し費用を貯《た》めるため、無駄遣いする余裕はないけれど、大毅の好みに合わせた服を買いたかったのだ。……あくまでさりげなく。

爽磨が左右の手に秋物のジャケットを持って問うと、大毅はなぜか「真ん中」と言いかけたあと、真剣に吟味《ぎんみ》し始めた。

「こっちのブラウンの方が手持ちの服に合わせやすくていいんじゃない？」

「……ふーん」

大毅の答えに、爽磨の瞳が曇《くも》る。知りたいのは着回しやすさではない。

「……」

大毅は野生動物の思考を研究する学者のような顔で爽磨をじっと見つめ、数秒後、ハッと閃いた様子で言葉を付け足した。

「俺の好みもブラウンかな」

「ふーん……！」

彼好みの情報を得られた爽磨は、ブラウンのジャケットを大事に抱えてレジに向かう。次のデートではこのジャケットを着よう、などと考えてしまったので、二回目の「ふーん」にはご機嫌な色が少し滲んでいたかもしれない。気付かれたかな、恥ずかしいな、ともにょもにょしつつ、爽磨は会計を済ませる。

そのあとは適当に目についた店に入ったり、カフェで休憩《きゅうけい》したりと、二人はデートを満喫《まんきつ》して帰宅した。今週はお盆明けで二人とも何かと仕事が忙しく、江藤の事件についても追加で警察とやりとりをしていたので、今日はいい気分転換になった。

――あとは……最後のミッションだ。

先に風呂をもらうことになった爽磨は、浴室にこっそり持ち込んだローションボトルを握り締めて気合いを入れる。

爽磨の心と身体の準備が不十分で、後孔を触られる違和感に耐えられずべそをかいてしまった日以降、平日は性的な触れ合いをする時間がなかった。だから次にするときには大毅に喜んでもらえるように、爽磨なりにいろいろと検索《けんさく》をして、後ろを解《ほぐ》す練習をすることにしたのだ。

ローションは大毅にバレないように、コンビニ受取にして。

爽磨は覚悟を決めて浴槽《よくそう》の縁《ふち》に手をつき、腰を折って尻を突き出した体勢になる。おそるおそるローションをまとった指で蕾の周辺をマッサージするように撫でてみると、それだけでぞわりと尻から背筋にかけて軽い悪寒が走った。どうしよう、先に進める気がしない。

結局慣れない感触に怯《ひる》んでしまい、しばらくは尻のあわいで指をただつるつると滑《すべ》らせていたものの、自分のことを大好きだと言った大毅の微笑みを思い出して、爽磨は奮起《ふんき》する。

――大毅と最後までするためには、この程度で怯んじゃダメだよな！

入れ直した気合いとともに、えいっと後孔に人差し指の第一関節まで挿入《そうにゅう》した――直後、せり上がる異物感とともに涙が出てきた。

「うぅ……やっぱ無理……」

「大丈夫か⁉　……そ、爽磨、何してるんだ？」

爽磨が呻《うめ》きながら後孔から指を抜いた瞬間、浴室の扉が勢いよく開け放たれた。

「ぎゃーっ！　何勝手に入ってきてるんだ！」

涙目の爽磨が振り返って叫んだ拍子に、真新しいローションのボトルが床にごとりと落ちる。

「結構時間経《た》ってるのに出てこないし、のぼせてないか声をかけにきたら呻き声が聞こえたから……。というか、ああ、もう……少しずつ慣らしてあげたいから、こっちは正気を保たないといけないのに、なぜこんな試練を……」

しどろもどろに言い訳をしながら食い入るように爽磨の裸体を見つめた大毅は、額に手を当てて天を仰《あお》ぐ。そのポーズのままぼそぼそと呟いた彼は数回深呼吸をして、真っ赤になって口をはくはくさせる爽磨に向き直った。

「ええと、ローション、自分で買ったの？」

「た、たまたまネットで見つけたから……別に、大毅のためじゃないんだからなっ」

「ほんと爽磨は……いじらしいというか、なんというか……」

ぷいっとそっぽを向いた爽磨を、大毅がたまらないといった様子で抱きしめる。密着した下腹から、彼のズボンの中のものが硬くなっているのが伝わってくる。

「あの、俺、まだ準備が……」

「俺がやる。爽磨のここが、少しずつ俺に慣れていく過程も楽しみたい」

「へ、変態だ……」

彼の腕の中で照れ隠しの悪態を吐《つ》いたら愛《いと》おしげに頭を撫でられて、もう一度さっきの体勢に戻るよう促《うなが》された。当然爽磨は恥ずかしがって抵抗したが、後頭部を押さえられて深いキスをされたらたちまち蕩《とろ》けてしまい、気付けばおとなしく浴槽の縁を摑んで尻を突き出した体勢をとっていた。

「今日はここを触られることに慣れてくれれば、それでいいから」

「……何も挿れないのか？」

先程は自分の指でも泣きそうになってしまったので、内心で緊張していた爽磨がおずおずと顔だけ振り向くと、彼は頰にキスをして優しく頷いてくれる。そして大毅は爽磨の背後に跪《ひざまず》き、双丘をそっと摑んで押し開いた。彼は爽磨の尻にそっと顔を埋め、真ん中のひっそりとした蕾に舌を這《は》わす。

「ひぅ……」

咄嗟に異物感を思い出して怯んだ爽磨だったが、やがて唾液をまとった舌がぬるぬると周辺を行き来するだけだとわかると身体の力を抜いた。緊張と入れ替わるかたちで羞恥が湧き上がり、尻はもぞもぞと動いてしまうけれど。

「そ、そんなとこ舐めるのか……？」

「恋人なら普通——っていうのも爽磨の教育に悪い気がするな……。舐められるの、怖い？」

「……今日は、ほんとに怖くはない。ちょっと変な感じ……んっ」

その「変な感じ」も、彼が内腿や足の付け根をゆっくりと指でなぞるたびに「気持ちいい」へとすり替わっていく。次第に爽磨の吐息は湿度を帯び、膝がもどかしさに震えた。

「あん……っ」

「爽磨、ちゃんと慣れてきてえらいよ。ご褒美《ほうび》もあげないとな」

不意に彼の手が爽磨の下腹に回り、後孔を舐められて半勃《はんだ》ちになった性器を摑んだ。急に直接的な刺激を受けた爽磨は、大毅の手の中でどんどん硬くなっていく。爽磨の両足ががくがくと痙攣し始めても、大毅は容赦《ようしゃ》なく手を上下させ、後ろも舌で責めてくる。やがて後ろの蕾を舌先で抉《こ》じ開《あ》けるように突かれるのと同時に、張りつめた屹立は絶頂を迎え、爽磨は細い声を上げて白濁を放った。クリーム色の床に落ちた精液が、水滴と混じって卑猥《ひわい》に滲む。

「――っ」

「ん、ベッド行こうな」

射精の余韻《よいん》で崩れ落ちそうになった爽磨は横抱きにされ、寝室のベッドにそっと下ろされる。目の前で部屋着を脱ぎ捨てる大毅に、爽磨は呼吸が整わないまま潤《うる》んだ瞳を向ける。今ので後ろを刺激されることへの抵抗は減ったものの、今すぐ彼のものを挿れるのは、やはり少し怖い。

「今日はこれ以上のことはしないから、心配しなくていいよ」

爽磨の不安に先回りして安心させてくれる大毅に、爽磨は小さく安堵《あんど》の息を吐き、ふと首を傾げた。

「じゃあなんで服を脱いだんだ？」

「お尻にはこれ以上のことはしないけど、まだ爽磨を可愛がり足りないから、他のところにはいろいろします」

にこやかに言い放つ大毅に、爽磨は顔を引《ひ》き攣《つ》らせる。いろいろって、と問い返そうとしたものの、覆《おお》いかぶさってきた大毅に唇を塞《ふさ》がれたらとろんとしてしまい、抵抗する力がなくなっていく。

「キス一つで懐柔《かいじゅう》されちゃうって、チョロくて心配になるな……」

困ったように笑った大毅は、幸せそうに「まあ、俺がずっと世話を焼くんだからいいか」と独《ひと》り言《ご》ちたあと、従順に舌を差し出す爽磨を宣言通り心ゆくまで可愛がってくれた。

＊＊＊

あれから一週間、少しずつスキンシップを取った甲斐《かい》もあり、爽磨《そうま》が異物感に怯えることはなくなってきた。

——爽磨に触れてると、不思議な感覚になるんだよな。

優しくしたいのに力尽くで暴いてしまいたくなる衝動《しょうどう》や、身体も心もより深く重なり合いたいと欲する感覚は、大毅《だいき》にとって初めてのことだ。それはきっとこの恋がそれだけ大切だからこそ得られる感情なのだと思うと、少し誇《ほこ》らしくもある。

頬を緩めた大毅の耳に、玄関が開く音が届いた。

「ただいまー」

「おかえり、爽磨。ありゃ、持ち帰ってきちゃったか。郵便受けのところは霊道も通ってないはずなんだけどな」

爽磨は自分のマンションの一階のエントランスにある郵便受けに郵便物を取りに行っただけにもかかわらず、わずか数分のあいだに見知らぬおじいさんの霊を拾ってきたらしい。半透明の無害な老人が、しずしずと彼の後ろについて大毅の部屋に入ってくる。

「え、持ち帰ってって……ふぎゃーっ」

びくっと身を竦《すく》ませた爽磨は咄嗟に大毅の腕を掴んだ。例によって、大毅に触れたことで霊が見えてしまった爽磨は郵便物を取り落とし、絶叫しながらジャンピングハグをしてくる。

「わっ、大丈夫だよ。この人、道に迷ってただけみたいだから。あの、おじいさん。ここにいても成仏《じょうぶつ》できないから、あっちの方角に進んでくれます？　え、おばあさんがいない？　——あぁ、風呂敷包みを持ったおばあさんなら昨日ここに来て、先に行っちゃいましたよ」

実は昨夜も、爽磨は仕事帰りに無自覚のうちに老婦人の霊を持ち帰ってきた。それを指摘した大毅に半べそでしがみついた爽磨と、そんな自分たちを見て「あらまあ」という顔をした老婦人を思い出して説明すると、目の前の老人の霊はぺこぺこと頭を下げて神社仏閣《ぶっかく》のある方角に進み始めた。

爽磨は大毅の胴体に抱きついたまま、去っていく老人におそるおそる「おばあさん、『あの人ったら待ち合わせ場所にちゃんと来たためしがない』って怒ってたから謝った方がいいぞ」とアドバイスしている。怖がりのくせに、相変わらず斜《なな》め上のお人好しを発揮《はっき》していて愛おしい。

「それにしても、一体なんなんだ……今日はおじいさん、昨日はおばあさん、一昨日《おととい》はおじさん、その前は犬の霊だったぞ!? 俺、呪《のろ》われたりしてないよな？」

「いくらなんでも呪われてたらわかるよ。原因は定かではないけど……爽磨は最近、周囲への威嚇《いかく》が減って美しさに磨《みが》きがかかってるから、人目だけでなく霊の目も引いちゃってるのかも。芸能人なんかは生霊から守護霊、悪霊まで幅広《はばひろ》く寄りつくって言うし」

「怖いこと言うなよ……あっ」

話しているあいだもずっとコアラのように大毅に抱きついていた爽磨は、ようやく我に返ったのか、顔を赤らめて身を離そうとした。

「べ、別に大毅にくっついて安心してたわけじゃないからっ」

「俺はもっと爽磨にくっついていたいけどな」

「……バカ」

照れ隠しで悪態を吐きながらも、爽磨はもう一度ぎゅっと大毅の肩に顔を埋《うず》めてきた。そんな恋人の腰を抱いて寝室へ向かった大毅は、壊れ物を扱《あつか》うように彼をベッドに寝かせて唇を奪い、力の抜けた爽磨からズボンと下着を取り去る。

「爽磨、おいで」

恥じらって陰部を手で隠そうとする彼を抱き起こし、大毅を跨《また》いだ形で膝立ちにさせる。いわゆる対面座位の体勢になると、爽磨は頬をいっそう赤く染めた。

「なっ、なんかこの体勢、やだ……っ」

「……そんな顔してもダメ。ほら、ここ、くわえて」

少し上から大毅を見下ろす爽磨は首まで真っ赤で、なんだかものすごくいじめてやりたくなったけれど、ここで焦《あせ》ってはいけない。

せめてこれ以上煽《あお》られないように、いつも不意打ちで可愛いことを言ってくる口を塞いでおこう——そう考えた結果、胸の上まで捲《まく》り上《あ》げたTシャツの裾《すそ》を自分でくわえて固定させるという若干《じゃっかん》変態くさいポージングをさせてしまった。余計に興奮してしまうじゃないか、と思ったが絶景なのでやめさせるという選択肢はない。

なんとか平常心を取り戻した大毅は、ローションを手の平で温めてから、ゆっくりと爽磨の後孔に触れた。

「んっ」

「爽磨、力抜くの上手《じょうず》になったね。あともう少しだからな」

「んん……」

小ぶりの双丘《そうきゅう》を揉《も》みながら、慎重《しんちょう》に指先を蕾に侵入させる。初日の強張《こわば》りが嘘のように、そこは大毅を受け入れた。まだぎこちなく収縮しているものの、身体が大毅に慣れてきてくれたことに無上の喜びを感じる。

「ん、ん……」

従順にシャツの裾を口で固定する爽磨によってさらけ出された胸は、大毅が指を動かすたびに軽く上下する。彼の胸の頂《いただ》きにある果実を、大毅は口に含んだ。びく、と身体を震わせた彼の後孔が少し緩み、大毅はその隙に指を奥に進める。

「んっ、ん――」

胸の飾りを飴玉《あめだま》のように舌で転がし、指で彼の内側を暴いていく。もう異物感に対する恐怖もないらしく、爽磨はもどかしそうに腰を揺らしている。

「んーっ」

彼の身体の奥にあるしこりを見つけた大毅は、そこを優しく擦《こす》る。電流でも流されたみたいに激しく身を震わせた爽磨がいやいやと首を振るのが可愛くて、思わず赤く凝《こご》った彼の乳首《ちくび》を甘噛みしたら、瞳に羞恥の涙をいっぱいに溜めて睨まれた。それでも自らの唾液で濡れたシャツの裾をくわえ続けているあたり、本当に健気で愛おしい。

「ここ、気持ちいい?」

「……んっ」

シャツで口の塞がった爽磨の言葉は聞き取れないけれど、一度も触れていないにもかかわらず勃ち上がって蜜を零す彼の屹立が答えだろう。上手く快楽の波に乗ってくれたらしく、爽磨は大毅の指をもう一本飲み込んだ。多少狭《せま》さは感じるものの表情を見る限り痛みはなさそうで、もしかしたら今夜最後までできてしまうのでは、と大毅は期待に胸を膨らませる。

「爽磨、いい子だね。苦しくない？」

「んん……」

こくこくと頷いた爽磨は、胸を愛《め》でる大毅の頭をぎゅっと抱きしめた。ほっそりとした指が大毅の髪に縋《すが》るのと同時に、彼の後孔が甘えるように二本の指を食いしめてくる。

——あー、やばい。これは、可愛すぎる。

慣らしている途中でいきなり挿入するような暴挙は、ぎりぎり残っていた理性が防いでくれたものの、恋人の鳴き声が聞きたいという男の本能には勝てなかった。大毅は気付いたときには爽磨の中の弱い部分を指で容赦《ようしゃ》なく刺激し、散々ねぶった胸の飾りにきつく歯を立てていた。

「んやぁ——っ」

瞬間、甘い嬌声をあげた爽磨は全身を痙攣させて達した。大毅のシャツの腹のあたりに、彼の白濁がぴゅっと散る。

「胸とお尻だけで……なんてエロいんだ……」

恋人の痴態《ちたい》に、大毅の口からうっかり思考が駄々洩《だだも》れになる。絶頂の余韻《よいん》でぼんやりしていた爽磨は目をカッと見開き、自らが放ったもので汚れた大毅のシャツを凝視《ぎょうし》した。紅潮していた彼の顔が、さらに湯気が出るほど赤くなる。ぷるぷると震えた彼は大毅の膝から飛び退《の》き、身体を丸めて頭からタオルケットを被《かぶ》り、防御態勢になった。

「……っ、大毅のバカ、変態、意地悪、責め方がねちっこい！」

「ご、ごめん、やりすぎた」

いい人だけど淡白すぎると評されてきたのは幻だったのだろうかと思うほど、爽磨にだけはどうしても意地が悪くてねちっこくなってしまう。交際前にテレフォンセックスもどきをしたときから「変態くさかったかな……」と毎回反省はしているものの、本気で可愛がりたい相手にはこうなってしまう自分のことは、実は嫌いではない。

「でも爽磨が、俺に後ろを触られるのを怖がらなくなってくれたんだって思えて嬉しかった。ありがとな。大好きだよ」

完全にへそを曲げてしまった爽磨をあやそうと、大毅はタオルケットと一体化した恋人をよしよしと撫でる。心からの愛を伝えたら、彼は「うん……」とはにかんだ顔を出してくれたけれど、自分が汚した大毅のシャツが視界に入って羞恥がぶり返したらしく、再びヒュンッと巣穴に引っ込んでしまった。

——と、とりあえず着替えよう……。

正直このまま強引にでも抱いてしまいたい気持ちはあったが、爽磨はもう見るからにいっぱいいっぱいだし、これ以上恥ずかしがらせるのも気の毒だ。明日、また挑めばいい。大毅はシャワーを浴びて頭を冷やし、きちんと着替えてからベッドの上の塊《かたまり》を抱きしめた。

……しかし結論から言うと、翌日曜も彼と一つになることはできなかった。

途中までは——甘い雰囲気の中、爽磨の後孔を丁寧に解し、四つん這《ば》いにした彼の腰に手を添えて、切っ先を当てるところまでは順調だった。

「爽磨、挿《い》れるよ……」

雲行きが怪しくなったのは、大毅が掠れた声で告げた直後だ。爽磨が素《す》っ頓狂《とんきょう》な声を上げて、なぜか自ら後ろに下がってきた。随分《ずいぶん》積極的だと一瞬思ったものの、どうも様子がおかしい。

「だ、大毅っ、あれ……！」

顔だけ振り向いた爽磨が、震える指で窓を差す。カーテンの隙間から見えた窓の外で、おじいさんの霊が「無事に家内と合流できたのでご挨拶《あいさつ》にと思ったらあわわわわ」という大いに焦った表情をしている。

「うわっ、おじいさん⁉」

爽磨と二人して固まっていると、その前日にこの部屋に迷い込んだおばあさんの霊がすぐに現れ、「だから言ったじゃないですか。あなたって人はいつもタイミングが悪いんだから」と言わんばかりの顔でおじいさんをぐいぐい引っ張って消えた。

まさかの状況で霊を見てしまった爽磨はどこもかしこも縮《ちぢ》み上《あ》がっているし、大毅もさすがにここから色っぽいムードを立て直すのは不可能で、最終的に「老夫婦が一緒に成仏できてよかったね」と彼らの安息を二人で祈るという平和な雰囲気のまま夜は更けていった。

——今日は爽磨、残業か。

週明けの仕事終わりにスマホのメッセージをチェックした大毅は、オフィスから出るなり恋人のことを考えていた。セックスが最後までできようとできまいと、大毅は彼に夢中なのだ。残業を終えて帰ってくる彼を労《いたわ》るプランを考えるのも楽しい。

——最近、会社の人たちともコミュニケーションが取れるようになってきたって嬉しそうに報告してきたの、可愛かったな。

爽磨の勤めるデザイン会社の社員たちは、もともと恋愛に無縁の安全な面子《メンツ》ばかりだったようだが、大毅に出会う前の爽磨は手負いの獣《けもの》状態だったのでいまいち馴染めなかったらしい。

しかし今は大毅という恋人であり絶対の味方でもある存在ができたことで過剰《かじょう》な威嚇も減り、ほどよい人間関係を築けていると、爽磨は先日夕飯を食べながら話してくれた。

「二次元にしか興味がない隣の席の先輩は前髪が長くてどこを見てるかよくわからないけど、仕事が早いし教え方もうまい」とか「アイドルオタクの同僚の仕事を手伝ったら『布教用ですが』って王子様みたいな格好をした男のアクリルスタンドをくれた」とか、そんな話を聞くたびに、大毅は非常に微笑ましい気持ちになっている。

——残暑で爽磨の食欲がちょっと落ちてたし、食べやすいものでも作ってみるか。

普段は外食や出来合いが多いが、たまには手料理を振る舞うのも悪くない。自分も明日から仕事が立て込みそうなので、実行するなら定時退社できた今日がベストだ。

大毅は帰宅途中にスーパーに寄って鶏肉《とりにく》やきゅうりを買い、爽磨がこのあいだテレビで見て興味を示していた野菜たっぷりのバンバンジーを手早く作る。

「うん、結構上手くできた。……今日は爽磨に霊がついてこないといいな」

最近、爽磨は毎日何かしら霊を持ち帰ってくる。そのたびに大毅に飛びついてくる姿は愛らしいが、本人からすれば心臓に悪いだけだろうし、残業後に心霊体験までするのは可哀想《かわいそう》だ。

——爽磨が芸能人並みに人目を引くから霊も寄ってくるのかと思ったけど、それにしても連日だよな……？

しかもよく考えたら、老夫婦は爽磨の美貌《びぼう》に惹《ひ》かれたわけではなさそうだし、犬の霊に至っては人間の美醜《びしゅう》とは無関係だ。だったら一体なぜ、日替わりで霊が来るようになったのか。

「そういえば、俺……」

ふと、大毅の中にいつかの記憶がよみがえる。コップに黒い絵の具を落としたみたいに、不吉な色が滲んでいく。

「いや……まさか、な」

「ただいまー」

玄関から恋人の帰宅を知らせる物音が聞こえ、大毅は自分の考えにそっと蓋をして部屋の扉を開けた。

＊＊＊

「あれ、なんかいい匂いがする」

「遅くまでお疲れさま。バンバンジー作ったけど食べる？」

「食べる……！」

残業を終えて帰宅した爽磨《そうま》は、出迎えてくれた大毅《だいき》の一言で、忙しかった一日の疲れが吹き飛んだ気がした。この前テレビの料理番組を見た爽磨が食べたいと言ったのを覚えていてくれたのだろう。

「……大毅の手料理、嬉しい。ありがと」

靴《くつ》を脱いだ爽磨は、出迎えてくれた大毅の手を握って、上目遣いで彼を見る。優しい眼差しを返してくれた彼は、しかし爽磨の背後に視線をやると「またか……」と呟いた。

「大毅？　もしかして……ふぎゃーっ」

大毅の手を握ったまま爽磨はギギギと首だけ振り返り、所在なさげに立っている二十代くらいの黒髪の女性の霊を発見して大毅に飛びつく。

【お、お邪魔します……】

爽磨の絶叫に逆に驚いたのか、白い清楚《せいそ》なブラウスに膝丈《ひざたけ》のスカートを穿《は》いた霊は、びくっと後退《あとずさ》りした。

——あれ……？

軽減されない恐怖心に首を傾げた爽磨は、女性の霊と恋人の顔を交互に見る。おかしい。大毅が「よしよし、大丈夫だからな」と宥めてくれない。

こういうときは大毅にくっついて撫でてもらうことで落ち着きを取り戻すのが、爽磨の習性になっているのだ。それなのに今日の彼はただ無表情で自分を見下ろしている。

「な、なんだ、まさかやばい霊なのか⁉」

ビビりきった爽磨の声に、大毅は我に返ったように肩を揺らした。

「あ、ごめん。ちょっとボーッとしてた」

「霊が目の前にいる状況で⁉」

「よしよし、大丈夫だぞ。この霊も悪意はまったくなさそうだし。ええと、うちにいても成仏できないと思うから、あっちの方角に進んでいってもらえるかな？　あ、そこの窓からすり抜けてくれればいいんで」

慣れた様子で腕の中の爽磨を撫でた大毅は、女性の霊に神社仏閣の方角を案内している。

【お邪魔しました……帰りは玄関から失礼いたします……マナーですので……】

綺麗な角度で一礼した霊は手に持っていた紙袋を揺らし、すごすごと部屋を出て行った。

「ほら、爽磨。霊には帰ってもらったし、夕飯にしよう」

「う、うん」

大毅お手製のバンバンジーは残暑で疲れた身体にぴったりで、爽磨はそれをぺろりと完食した。ごちそうさまでしたと手を合わせる爽磨を見つめる彼の瞳は慈愛《じあい》に満ちていて、お腹もいっぱいだけど胸もいっぱいになってしまう。

「さっき風呂沸《わ》かしておいたから、爽磨先に入っていいよ」

「ん、ありがと」

二人で仲良く皿洗いを終えたあと、大毅に促されて浴室へ向かいながら、爽磨はほっと胸を撫で下ろした。女性の霊も普通に帰ってくれたし、ポルターガイストが発生する気配もない。

——お風呂、一緒に入ろうって誘ったら引かれるかな……。

時間的にもう遅いので性的なあれこれをする余裕はないけれど、二人で湯船に浸《つ》かるくらいの恋人タイムがあってもいい気がする。

——時短にもなるし。節水にもなるし。別に甘えたいだけってわけじゃないし。

脳内で言い訳を捻りだした爽磨は、わくわくと踵《きびす》を返す。

「あのさ、大毅――」

呼びかけようとして、反射的に口を噤《つぐ》んだ。扉の隙間から見えた大毅は、何か物思いに沈《しず》んだような顔をしていた。


一週間後、仕事を終えてパソコンの電源を落とした爽磨は、自分の鞄《かばん》を持ったまま眉間《みけん》に皺《しわ》を寄せていた。ただし原因は霊現象ではなく、大毅のことだった。

「千野《ちの》さん、何かトラブルでも？」

隣のデスクで退勤準備をしていた先輩社員の堀川《ほりかわ》が、小首を傾げてこちらを向いた。

鼻筋の真ん中あたりまで伸びた前髪の上から眼鏡をかけるという独特なファッションにより、目元が隠れてどこを見ているかわからない彼は、爽磨より五歳ほど年上でキャリアも長い。珍妙な見た目に反して仕事が早く、わからないことは彼に聞けば大抵即答してくれる。

「あー、トラブルというほどのことじゃなくて……俺、の友達が、恋人とのことで悩んでいるというか……」

堀川とともにタイムカードを押してオフィスを出た爽磨は、ありがちな伏せ方をしながら話しだす。詳細《しょうさい》を相談することはできないが、彼なら仕事のときと同様に的確なアドバイスをくれるかもしれない、と少しだけ期待して。

「ふむ。その恋人は男ですか？　女ですか？」

そのままの流れでエントランスに置いてある椅子に腰かけ、爽磨にも着席を促した堀川は無駄のない口調で問い返してくる。

「ええと、男です」

「なるほど。恋人さんは年上ですか？　年下ですか？　性格は？」

「同い年で、性格は優しくて面倒見がよくてあんまり動じたりしなくて頼りがいがあってたまにちょっと意地悪だけどそこもかっこよくて――」

二次元とゲームをこよなく愛する彼は、やはり爽磨には興味がないらしい。ゲームの初期設定のようなテンションで質問をするのみで、個人的な感情を一切感じないので、爽磨もするすると答えてしまう。

「あ、性格の説明はもうそのくらいでいいですよ。それで、悩んでいる内容というのは？」

「少し前から同棲を始めたんですけど、相手の態度が、最近心なしかおかしいというか……」

爽磨が残業をした日の夜から、彼が何かを考え込む時間が増えた。先週はずっと大殺の仕事が忙しく、休日出勤までしていたので、単に疲れているだけという可能性はあるけれど。

「そのお友達は恋人さんに何をしたんですか？」

「決定的に悪いことをした覚えはないんですけど……」

「いえ、悪いことだけでなくて。たとえば親密度を上げるために、プレゼントを贈る、相手の気に入る行動を選択する、毎日ログインする、課金する――など」

後半に余計なものが混じっていた気がしたが、爽磨は彼の言葉を反芻《はんすう》してハッとした。

――俺、大毅に何もしてない……！

これまで一方的かつ偏執的《へんしゅうてき》な愛を向けられる人生を送ってきた爽磨は、人間関係を築くのが下手《へた》で友達すらいなかったし、恋愛に至っては忌避《きひ》してきた。大毅に出会ったことで改善されつつあるが、それでも経験値は初心者レベルだ。

家事は半々くらいの割合でやっているが、それは居候《いそうろう》をしている時点で当然のことで、爽磨の発言や体調を考えてバンバンジーを作ってくれた大毅みたいな、気の利《き》いたことは一切できていない。

セックスだって最後まで上手にできれば大毅が喜んでくれると思い、ローションを購入してコソ練しようとしたけれど、結局自分の指の異物感に耐えられず呻いている途中でバレてしまった。それ以降もなし崩し的に、尻の開発を大毅に任せている状況だ。

総じて、大毅に甘えすぎていた。彼の優しさに胡坐《あぐら》をかいていたつもりはないが、爽磨自身、恋人としてのレベルが低すぎた。なんたって相手は、天邪鬼《あまのじゃく》な爽磨の性格にも寛容で、面倒見がよくて頼り甲斐があり、さりげない気遣いができる男だ。

――冷静に考えると、俺、とんでもない優良物件と付き合ってるんだな……。

恋愛経験のない自分にもわかる。多分、今の爽磨は見た目以外、彼に釣り合っていない。美人は三日で飽《あ》きるというし、もしや今がまさに飽きられるか否《いな》かの瀬戸際なのではないか。

「堀川さん、俺、わかりました……！」

現状を打開するために必要もの——それは「自立した素敵な恋人」だと思ってもらえるようなアピールだ。

「おぉ、それはよかったです。また何かわからないことがあれば、遠慮なく聞いてくださいね」

なんて頼もしいんだ。そういえば堀川は、男性向けから女性向けまでありとあらゆる恋愛シミュレーションゲームを制覇《せいは》しており、かつて懇親会《こんしんかい》で「恋愛対象は『男か女か』ではなく、『二次元か三次元か』ですよ」という名言を放ったという逸話《いつわ》を聞いたことがある。

それでは僕はこれで、と颯爽《さっそう》と去っていく堀川を見送りながら、爽磨は今までの反省と今後の素敵な恋人プランを脳内で展開するのだった。


帰宅した爽磨が玄関の扉を開けると、洗面所から大毅が出てきた。

「あ、おかえり、爽磨。俺もさっき帰ってきたとこ。そこのスーパーで総菜を買ってきたから、昨日の残りものと一緒に食べよう——」

数分前に帰宅していたという大毅は、玄関の爽磨に話しかけて、途中である一点を見つめた。

「も、もしかして……」

「また、ついきてるね」

「わーっ！　わーっ！」

どうやら、自分はまた霊を連れて帰ってきてしまったらしい。爽磨が靴を脱ぐなり大毅に飛びつくと、彼はルーティン業務のように霊に退出を促し、くっつき虫と化した爽磨を宥めてくれた。

本当は心霊現象にもスマートに反応できた方が大毅の恋人としてふさわしい気がするが、これればかりは今すぐどうにかできる問題ではないので、爽磨は頭をぽんぽんと撫でてくれる手にぐりぐり擦《す》り寄《よ》って気持ちを落ち着ける。

「そういえば、爽磨もまた残業だったのか？　あんまり無理するなよ」

彼に言われて時計を見ると、思ったより遅い時間になっていた。今日は残業ではなく、堀川に相談をしていただけだ。心配をかけてはいけないと首を横に振り、「先輩と話し込んでただけ」と答える。

「先輩と？」

「前に話しただろ。二次元を愛する前髪が長い先輩」

「あぁ、その人か。アイドルオタクの人は元気？」

「元気すぎるくらい元気。昼休みによく一人で踊ってる。あ、でも愛娘溺愛《まなむすめできあい》パパの部長はこのあいだ娘に『パパきらい』って言われて高熱出して欠勤してた」

修羅場《しゅらば》に巻き込まれて退職する羽目になった前職よりは多少給料が下がったが、今の会社はなかなか居心地がいい。面子は個性的すぎるけれど痴情《ちじょう》の縺《もつ》れとは無縁で仕事もしやすい。何よりここに転職しなければ、あの霊道マンションに引っ越すことも、大毅と出会うこともなかったのだ。

「……そっか」

「大毅？」

「いや、少し前まで周りを威嚇しまくってた爽磨が、会社の人と話し込めるくらい仲良くなったなんて感慨深《かんがいぶか》いなぁと。えらいえらい」

冗談めかして頭を撫でてくる大毅は、いつも通り優しい表情で笑っている。一瞬彼が切なげな顔をしたのは、見間違いだろうか。

翌日、大毅から届いたメッセージに、定時で退勤した爽磨はアピールチャンスを察知した。

『今日も会議が立て込んでる。ちょっと遅くなるかも』

「りょーかい」と返信してから、爽磨はフンッと気合いを入れる。今こそ大毅が惚《ほ》れ直《なお》すような、素敵な恋人っぷりを示すときだ。

まずは手料理と、掃除と洗濯だ。掃除は二人とも普段からわりと綺麗にしているから、ごみをまとめるくらいで十分だし、洗濯も洗濯機と乾燥機がすべてを引き受けてくれるのでいまいち達成感はないけれど。

それでもすべての家事が完璧《かんぺき》に終わっていれば、疲れて帰ってきた大毅も気が楽だろう。そのうえで温かな手料理を出せば、感激してくれるかもしれない。

とはいえ手の込んだものを作れるわけではないので、夕飯はオムライスに決定した。買い物を終えてキッチンで下準備を済ませた爽磨は、時計を確認して腕を組む。

「さすがにまだ早いよな。出来立ての方が美味しいし、最後にケチャップでハートを書くのにオムライスが冷えきってたら縁起が悪いし……」

熟考した結果、先に洗濯を済ませようと思い立った。部屋の洗濯物をさくさくと回収し、ベッドに置いてある大毅のTシャツにも手を伸ばす。

「昨日寝るときに着てたし、これも洗っておくか」

軽い気持ちで手に取ったそれから、ふわりと大毅の匂いがする。男らしくて、優しい、爽磨の大好きな匂いだ。「洗濯機に放り込むのです」と理性的に訴《うった》えかけてくる天使と、「ちょっとだけ嗅いじゃえよ」という悪魔が、爽磨の中で死闘《しとう》を繰り広げる。

「……すぅー」

数秒後、脳内で天使を埋葬《まいそう》した爽磨は、大毅のTシャツに顔を埋めていた。仕方ない。先週からお互い残業やら大毅の休日出勤やらでスキンシップが減ってなんだか寂しいし。彼が一晩着て寝たシャツが目の前にあるし。本人はまだ帰って来ないし。

「大毅……」

ずくんと疼《うず》いた身体の奥を誤魔化すように、シャツを抱きしめたままベッドに横になり、爽磨はぎゅっと目を閉じた――のが間違いだったと気付いたのは、食欲中枢《ちゅうすう》を刺激する匂いがキッチンから漂ってきたときだった。

「えっ」

爽磨は飛び起きて、壁掛け時計を二度見する。

「えっ、えっ」

大毅の腕の中で甘やかされて眠る夢を見ているあいだに二時間経っている。なんてことだ。

ばたばたとダイニングキッチンに駆け込むと、大毅がオムライスを完成させていた。ワイシャツを腕まくりしてフライパンを持つ姿が様になっていてかっこいいけれど、見惚《みと》れている場合ではない。

「おはよ、爽磨」

「ああぁ……」

「材料的にオムライスかなと思って作っちゃったけど違ったか?」

「……合ってる」

「あ、そのシャツ、明日洗うから洗濯かごに入れておいてくれる?」

「………うん」

あまりの不甲斐なさに崩れ落ちそうになりながら洗濯かごにシャツを投入した爽磨は、キッチンに立つ大毅の隣によろよろと向かった。この状態で言うのは決まりが悪すぎるけれど、一つくらいは達成しなくては、と口を開く。

「ケチャップ……」

「ん？」

「ケチャップは俺がかける」

「うん？」

真っ赤なチューブを握り締める爽磨に不思議そうな顔をした大毅だが、黄色いキャンバスに描かれた不格好なハートを目にした瞬間、相好を崩した。

「爽磨、ほんとにお前ってやつは……！」

「べ、別に大好きって気持ちを込めてハートを描いたわけじゃなくて、たまたまこの形になっちゃっただけだからっ」

照れくささに耐えきれずに言い訳がましいことを言ってみたが、余計に恥ずかしくなった気がする。

「もう、いいから早く食べるぞ」

「食べるのもったいないなぁ」

大毅は食卓についてからも、オムライスになかなか手を付けずにスマホで写真を撮《と》っている。

――素敵な恋人アピールはできなかったけど、一応成功……か？

洗濯物を握りしめてうたた寝をしていた爽磨はほぼ何の役にも立っておらず、調理も大毅がしてくれたので自分は実質ケチャップをかけただけだ。でもなぜか大毅は妙に嬉しそうなので、とりあえず恋人を喜ばせることには成功した――と思うことにしておく。

その後、風呂の準備と洗い物でささやかな挽回《ばんかい》を試みた爽磨は、キッチンを片付け終えると大毅と入れ替わる形で入浴を済ませた。そしていつも通り、風呂上がりにドライヤーを片手に、とことこと寝室へ向かう途中で、ふと足を止める。

大毅に髪を乾かしてもらうのは同棲初日以降、習慣になっている。彼の指で髪を優しく梳かれ、いい匂いのヘアオイルを塗ってもらうと、爽磨は幸せでうっとりしてしまう。でも、これも素敵な恋人を目指すなら控《ひか》えた方がいいのだろうか。恋人ができたのは初めてなので、面倒見がよすぎる大毅に、自分の感覚がバグっている可能性も否めない。

少し離れた位置から寝室にいる彼をちらりと覗いてみる。仕事の資料らしきものとにらめっこしていた大毅が、不意にこちらを向いた。

「どうした？」

「べ、別に……」

「髪を乾かすんだろ？　ほら、こっちおいで」

資料を退《ど》けてスペースを作った大毅が、爽磨を手招きする。おずおずと彼に背を向けた体勢で座り定位置についたら、背後からふっと笑いが漏れた。

「明日の会議の資料を確認してただけだから、遠慮しなくていいよ」

タオルドライした髪に優しく触れた彼はそう告げて、ドライヤーのスイッチを入れた。

――そうは言っても、この状況じゃ仕事も持ち帰りにくいよな。

爽磨は温かな風を頭部に受けながら、脇に置かれた資料を横目で見る。１ＤＫのこのマンションは、ダイニングキッチンと寝室が扉で仕切られただけの造りだ。そこそこ広くて一人暮らしにはほどよい間取りだが、二人で住むにはプライベートな空間が確保しにくい。

それに、自立した二人が互いの家に寝泊まりするのと、片方がべったりと入《い》り浸《びた》るのとでは全然違う。

お盆明けに始まった同棲生活も、もうすぐ三週間になる。爽磨は人生初の恋人との暮らしに浮かれていたし、大毅にくっついて過ごすことが幸せでしかなかったが、家主の彼には思うところがあるかもしれない。

「……もしかして俺、居座りすぎ？」

「ん？　何か言った？」

ちょうどドライヤーを終えた彼が、爽磨の髪を整えながら聞き返してくる。直球で尋ねて「実はちょっと邪魔だと思ってたんだよな」などと言われたら気絶しかねないので、やんわりと謙虚《けんきょ》な姿勢を示すことにする。

「俺、たまには自分のマンションに戻ろうかな？」

「は⁉　どうして？」

予想外に大きな反応をされて驚きつつ、爽磨は彼の方を向いて続ける。

「いや、ずっとここに入り浸るのも悪いかなって……思ったり、思わなかったり……」

「そこはまったく気にしなくていいよ」

「あと、まだ物件探し中だけど、引っ越し準備も少しずつしようかと」

「心霊的にも事件的にも引っ越しはすべきだと思うけど、荷造りなら俺が手伝うし、あの部屋に戻るのはやめておきなよ。まあ江藤《えとう》については不法侵入したり刃物を持って押しかけたり、かなり悪質な犯行だったからしばらく出てこないとしても……霊道が通ってることには変わりないんだぞ？　いまさら一人であの部屋で過ごせるのか？」

すっかり大毅と暮らす安心感に慣れてしまった爽磨は、あの霊道マンションで一人で眠る自信がない。むしろ一人でトイレに行く自信もない。なんたって、たまに荷物を入れ替えるのですら大毅と一緒に行っているのだ。

「もうしばらく、引っ越し先が決まるまでは、ここにいようかな……」

爽磨がぼそっと呟くと、大毅は小さく息を吐いて「そうしなよ」と言い、いつものへアオイルを手に取る。

「今のところ致命的な問題があるわけじゃないし、先のことはゆっくり決めればいいんだ」

なぜか自分自身に言い聞かせるみたいな大毅の言葉に、爽磨は嬉しいような不甲斐ないような複雑な気持ちで頷く。

——早くいい物件を見つけよう。そしたら今度はフェアな状態で、俺の部屋に大毅を泊めることもできるし。このエリアから遠くなくて、交通の便がいいところがいいな。

おとなしくヘアオイルを髪に塗ってもらいながら、爽磨は内心で決意を新たにするのだった。

＊＊＊

「何見てるんだ？　……物件資料？」

寝支度を済ませた大毅《だいき》が、ダイニングテーブルに書類を広げた爽磨《そうま》に声をかけると、彼は数枚ある紙の中から適当に一枚取って手渡してきた。

「今日、仕事帰りに不動産屋に寄って、引っ越し先の候補をいくつかもらって来たんだ」

二日前、彼が自宅に戻ろうかと言い出したときは引き止めたものの、たしかにずっとこの単身者用マンションで同棲状態を続けるわけにはいかない。スペース的に二人分の私物は入らないし、霊道マンションだって早く解約すべきだ。頭ではわかっているが、大毅はプチ同棲終幕の気配に軽く動揺してしまう。

——それなら一緒に住める物件を……いや、でも、それでいいのか……？

可愛い恋人との生活を続けたい気持ちとは裏腹に、先週から心に引っかかっていることが脳裏に過《よぎ》り、このところ何をするにも踏ん切りがつかない。

「今の部屋は江藤《えとう》の件もあったから敷金は返してくれるってさ。だから引っ越しは予定通り来月、十月中に——」

「そっか、よかったな」

張りきってあれこれ説明してくれる爽磨の話も頭に入って来ない。彼の髪をひと撫でした大毅は彼から目を逸らし、踵を返して寝室へと向かう。溜息交じりにベッドに腰かけたところで、爽磨が後を追うようにこちらへやってきた。

「……そうだよな、居候してるのが元に戻るだけならプラマイゼロだし、喜ばれたり褒められたりはしないか……。素敵な恋人を目指すなら、やっぱりプラスの要素が必要だよな……」

爽磨は難しい顔で何やらぶつぶつ独り言を呟きながら、大毅のもとへ直進してくる。

「大毅っ」

唐突に名前を呼ばれた大毅が顔を上げると、爽磨は真正面に立っていた。彼は軽く深呼吸をしてラグにすとんと座り、目元を赤く染めて大毅を見上げる。

「大毅、しよ……？」

「は……!?」

大毅の腰にぎゅっと抱きついた爽磨は、ズボン越しの股間《こかん》に頬擦りをする。ごくりと唾《つば》を飲む自分の喉の音が、耳の奥で聞こえた。

「今日は、俺が大毅にする」

「ちょ、どうした、急に」

明らかに様子がおかしい彼を制止しようとするものの、愛らしい唇で部屋着の短パンごとはむはむと食まれると、自身は欲望に抗《あらが》えずに硬くなっていく。

「大毅は何もしなくていいぞ」

爽磨は大毅のズボンと下着をずらして、勃ち上がりつつある性器を取り出した。一瞬恥ずかしそうに目を伏せた彼は、しかしすぐに並々ならぬ決意を感じさせる表情で切っ先に口づけてくる。

「本当にどうしたんだ？　爽磨——うっ」

斜め上のお人好しの上位互換だろうか、と混乱を極めた頭で考えているうちに、爽磨の美しい唇に自身を包まれて、大毅は微《かす》かに呻いた。

「ん、むぅ……大きい……」

どんどん膨張《ぼうちょう》する大毅の性器に口内を支配されて涙目になりながらも、彼は懸命に唇でそれを扱《しご》く。拙い動きで夢中でしゃぶりついてくる彼の煽情的《せんじょうてき》な姿に、大毅は思わず軽く腰を揺する。視覚の暴力と言っても差し支えない恋人の痴態に、大毅の頭は雄《オス》の欲求でいっぱいになり、彼の中をがんがん突き上げたい衝動に駆られる。

「んん……っ」

爽磨は口の中が圧迫されて苦しげなのに、どこかとろんとした瞳を向けてくる。ふと彼の下《か》肢《し》に視線を移すと、そこはすっかり芯を持っており、部屋着のズボンを押し上げていた。大毅のものを舐めただけで、どこにも触れられていないのに、彼は腹の奥が疼くのかもどかしげに腰を揺らしている。

「くそ、あんまり煽るなって――」

「わっ」

気付いたときには、爽磨をベッドに引きずり上げて押し倒していた。爽磨の細い手首を摑んでシーツに縫《ぬ》い付《つ》けた大毅は、歓喜とも不安ともとれる色を浮かべた爽磨の瞳を見つめる。吸い込まれるように顔を近付け、唇が触れるまであと数センチのところで、大毅はハッと身を起こした。

このまま彼の身も心も自分のものにしてしまいたいけれど、どうしても一つだけ気がかりなことがあり、それが大毅を先に進ませてくれない。

「大毅……？」

突然離れた大毅を、爽磨が心細そうに呼ぶ。この状況で何も言わずに中断したら、不安になるのも当然だ。悲しげに俯《うつむ》く彼の姿に、大毅の胸が痛む。こんな顔を彼にさせるくらいなら、リスクを承知で打ち明けるべきなのかもしれない――。

「大毅」

逡巡《しゅんじゅん》する大毅の服の裾を、爽磨がきゅっと摑む。

「俺、大毅とこれからも一緒にいたい。だから、俺に悪いところがあるなら言ってほしい」

「爽磨……」

爽磨の真剣な眼差しに、大毅は目を見開く。

大毅が彼の思考を読んでしまうことが多いとはいえ、爽磨は長年の捻《ひね》くれ癖《ぐせ》のせいで、まっすぐな言葉で気持ちを表現するのが得意ではない。けれど今、爽磨は懸命に大毅を見つめて語りかけてくれている。

「い、一応、俺もいい恋人になれるように頑張ってはみたんだ。でも家事を完璧にこなそうとしたのに途中でうたた寝しちゃうし、今さら一人で霊道マンションには戻れそうにないから、引っ越すまではここに入り浸らせてもらうしかないし。実は昨日もいろいろと試みたけどあんまり上手くいかなくて、夜中に一人反省会とかしてたら、今朝《けさ》は愛妻弁当的なものに挑戦する予定だったのに寝坊して……」

今週は妙に遠慮がちだったり、何やら頑張って可愛いことばかりしてくると思っていたが、そういうことだったのか。悩ませてしまったことに対する謝罪の意味と溢《あふ》れ出《で》る愛おしさを込めて頭を撫でてやると、彼は少ししょげた顔で口を尖らせた。

「さっきのも、今日は俺が大毅に奉仕しようと思って……。俺はその、えっちなことにも慣れてなくて、最後までするための準備でいっぱいいっぱいだったけど、よく考えたら大毅にとって気持ちいいことはしてあげられてなかったから」

「爽磨はほんと……可愛いなぁ」

「なっ、俺は真面目に話をしてるんだぞ」

ほとんど無意識に、大毅はふっと顔を綻ばせた。彼が照れ隠しに肩にパンチしてくる。和《なご》やかな空気が部屋に満ち、張っていた気が抜けていく。

「不安にさせてごめんな。爽磨に悪いところがあるとかじゃないし、むしろ最高の恋人だよ。ただ最近なんとなく気がかりなことがあって、それで少し悩んでたというか」

「気がかりなこと？」

少し迷った末に話し始めた大毅の肩に、爽磨が凭《もた》れた。大毅が爽磨の方に顔を向けると、彼は瞳で先を促してくれる。肩に感じる体温に大毅の心も穏やかになり、口は自然と言葉を紡《つむ》いでいく。

「うん。根拠《こんきょ》も確信もないから、俺の勘違いかもしれないんだけど――」

そのとき、不意に爽磨が大毅から視線を外し、窓の外を見て硬直した。数秒後、彼が「ふぎゃーっ」と叫ぶ。

「爽磨!?　あっ、また……！」

【お取り込み中のところすみません……今、少々お時間よろしいでしょうか……】

先日説得してお引き取りいただいたはずの黒髪の女性の霊が、叫ぶ爽磨にびくびくしながら、平身低頭の姿勢で入ってくる。真面目で控えめな雰囲気の彼女は、両手両足で大毅に抱きついてビビりまくる爽磨を見て、申し訳なさそうに頭を下げた。

「ええと、成仏できなかったの？」

【どうやらわたし、未練があるらしくて……それを昇華《しょうか》しないと成仏できないみたいなのですが、誰に相談すればいいかもわからず……】

困惑しながら尋ねる大毅に、霊は業務の問い合わせ先がわからず途方に暮れる新入社員のような顔で答えた。

「み、未練を解決したら成仏できるのか？」

大毅にしがみついた状態の爽磨におそるおそる聞かれた彼女は「多分」と曖昧《あいまい》に頷く。

「……話くらいなら聞いてやってもいいよな、大毅」

霊と二人して見つめてくる爽磨に、大毅は「このお人好しが」と溜息を吐いた。

――正直、なるべく霊に関わりたくないんだけど……。

とはいえ、断ったところで何度もここに迷い込んできそうだ。内容次第ではさっさと解決して成仏してもらうのが得策かもしれない。

「まあ悪い気配はしないし、話くらいいなら。それで、その未練というのは一体？」

大毅に問われた彼女は、口を開けては閉じてを繰り返し、しょんぼりと項垂《うなだ》れた。

【それが、記憶がないんです。死ぬ直前にどこかから転落したような気がするから、頭でも打ったのかしら……。自分の名前がユミだということはかろうじて思い出しましたが、他には何も……でも、とても大切な人がいたことだけは、心が覚えています。だからきっと、わたしはその人に会いたいんだと思います】

ユミは自分たちと同い年くらいに見えるし、大切な人というのはやはり恋人だろうか。手に持っている紙袋を握り締めて切に訴える彼女からは、未練を晴らして成仏したいという素直な気持ちが伝わってくる。

「大切な人を忘れるなんてつらすぎる……最後に一目くらい会いたいよな……」

爽磨は大毅にくっついたまま涙ぐんでおり、ぐすんと鼻を啜って肩口に顔を埋めてきた。

「まったく、無闇《むやみ》に霊に同情するなって言ってるのに……ほんとにお人好しだな」

大毅は呆れと慈愛が半々の苦笑を浮かべて、爽磨の背中をぽんぽんと叩く。ふと横目でユミを見たら、彼女も爽磨の涙にもらい泣きしていた。

しばらくするとユミはこちらに一礼し、遠慮して外に移動してくれた。ようやく爽磨も大毅から離れ、時計を一瞥《いちべつ》してからもう一度こちらを見た。

「……ところで、大毅。その、そろそろ寝る時間だよな」

「あぁ、もう本当に寝た方がいい時間だな。おいで」

自分たちの話が途中で終わってしまったけれど、これ以上起きているとお互い仕事に支障が出る。週末にでもゆっくり続きを話せばいい。

大毅はベッドに寝転んで、彼に腕枕の準備をする。ところが爽磨は座った体勢でじっと見つめてくるだけで、横になってくれない。

「爽磨?」

「いや、その、ユミさん自体は怖い霊じゃないってわかってるんだけど……」

きょとんと首を傾げた大毅だったが、爽磨がもじもじと膝を擦り合わせていることに気付いて、くっくっと笑いを噛み殺した。これはおそらく「尿意《にょうい》を催《もよお》したけど、夜おばけを見た直後に一人でトイレに行くのは怖い」の表情だ。

「寝る前にトイレに行こうかな。爽磨も入るなら先にどうぞ。近くで待ってるから」

起き上がった大毅が手を差し出してやると、爽磨はもう強がる言葉も思い浮かばない様子で、ひたすら顔を赤くしながら大毅の手を引いてトイレに向かっていった。

＊＊＊

翌日、仕事を終えた爽磨《そうま》と大毅《だいき》は一駅先にある居酒屋に来ていた。金曜の夜ということもあり賑《にぎ》わう店内の向かいの席で、誠《まこと》が手羽先に食らいついている。

「相変わらず面白《おもしろ》いことになってるなぁ」

爽磨の隣で、大毅が昨日の記憶喪失《そうしつ》の霊――ユミの話をすると、誠は興味津々《しんしん》で聴いてくれた。彼は「心霊現象は理解できないけど面白いから信じる」というスタンスらしい。以前、爽磨たちが出会うきっかけになったポルターガイストの話をしたときもそんな感じだった。

「で、どうして俺にその話をしたんだ?」

ここからが本題なんだろ、と誠が木製のテーブルに身を乗り出す。

「実はその霊が持っていた紙袋に印字されてる店の名前が『粋久菜《いきくさい》』だったんだ」

「えっ、俺の家の近所の? 霊って餃子食うの?」

「亡くなる直前に持っていたものとか、普段から持ち歩く習慣があったものは一緒に見えたりするんだよ。たとえば全裸の霊ってあんまりイメージないだろ。霊体になっても服は身に着けた状態で可視化されるわけで、馴染みのあるものを持ってるのはその延長みたいなもんだな」

なるほどなぁ、と納得した誠に、爽磨も小さく頷く。ユミの持っていた粋久菜のテイクアウトの紙袋もイメージが可視化されているだけで、質感は彼女自身と同じく半透明だった。

「粋久菜は個人経営で、他の地域にはない。つまり、彼女は誠の家の近くに住んでいた可能性が高い。霊体になってまで持っていたってことは常連客だったかもしれない」

もしユミがかつてこの付近に住んでいて、事故や事件で命を落としたのだとしたら多少は騒ぎになっただろう。誠はいろんな店に顔を出しており、人付き合いもいいので、噂《うわさ》くらいは耳にしたことがあるのでは――と大毅は踏んでいた。

「……思い出した。数ヵ月前に近所のおばちゃんが、救急車やパトカーが来たって噂してた。二人の女が一人の男を巡《めぐ》って揉みあった末に転落死したって話だったぞ。気の毒になぁ」

眉《まゆ》を下げた誠の話では、亡くなったのは内気で控えめな女性と派手で強気な女性の二人で、彼女たちは真逆の性格ながらも親友同士だったらしい。やはりユミは、誠の家の近くに住んでいたようだ。

「金曜の夜だったかな。その内気な子のマンションに元カレが訪ねてきて、階段の踊り場で話してたら、あとから現れた親友が激怒して割り込んできたんだと」

同じ階の住人がそのときたまたま自室で撮っていた動画の生配信に、「別れてるのにどうしてユミと会ってるのよ！　もう会わないって約束でしょ⁉」とユミの元カレに詰め寄る親友のヒステリックな声が録音されたこともあり、痴情の縺れの末の悲劇として処理されたようだ。

「近所のおばちゃん、妙に詳《くわ》しいな」

「元カレが長めの茶髪の似合う優しげなイケメンだったみたいでさ。美形を挟《はさ》んだ三角関係ってのが、噂好きのおばちゃんのレーダーを余計に鋭くしたっぽい」

愛憎劇《あいぞうげき》に強制参加させられることの多かった爽磨が思わず身震いすると、隣に座っていた大毅が背中を撫でてくれた。

「よしよし。爽磨、前の職場でも修羅場に巻き込まれてたから他人事《ひとごと》じゃないよな」

「別に、もう平気だし。……今は大毅がいるから」

「爽磨……っ」

つい二人きりのときのように大毅にぴとっと寄りかかったら、目の前の誠が菩薩《ぼさつ》みたいな顔になった。

「なんか急にお腹いっぱいになってきた……。そういえばユミって子は毎週金曜に粋久菜の餃子をいっぱいテイクアウトする常連客で、亡くなった日も仕事帰りに店に寄ってたらしい。あ、ちなみに元カレは、そこの角の美容院でアシスタントをしてて——」

話し好きな誠のネットワークのおかげで多くの情報を得た爽磨たちは、彼と別れたあと、せっかくなので元カレの美容院に行ってみることにする。

「つまりユミさんの元カレを狙《ねら》っていた親友が、二人が復縁しそうなことに腹を立ててユミさんに摑みかかって一緒に階段から落ちて、元カレだけが生き残ったってことか」

歩道を歩きながら話をまとめる大毅に、爽磨も神妙に頷く。

「よりを戻そうとしていたのに、それが叶《かな》う前に亡くなってしまったとしたら、やりきれないよな……しかもユミさんは彼のことを思い出せないなんて」

周囲を警戒して孤独に生きてきた爽磨にとって、大毅という恋人を得て初めて知ったドキドキする恋情や心安らぐ愛情はかけがえのないものだ。もしそれを忘れてしまったら。もし彼にもう会えないとしたら。考えただけで胸が痛くなる。

「あ、店から何人か出てきた」

　時計を見たらそこそこ遅い時間になっていたが、美容師見習いたちは練習を終えてようやく退勤するところだったらしい。数人で固まって歩いていた彼らは、信号のところでそれぞれの方向に散っていく。

「じゃあ智也《ともや》もお疲れ。また明日」

「ん、お疲れさま」

　同僚と思《おぼ》しき女性から智也と呼ばれた長めの茶髪の男性が元カレだろう。爽磨たちは小声で会話しながら、なんとなく彼を追跡する。

「なぁ、大毅。なんか彼、やつれてないか？」

「優しげな雰囲気の人だし、亡くなった彼女のことで心を痛めているのかもな」

　不意に前方から盛大な舌打ちが聞こえた。驚いて目を凝《こ》らした先では、歩きスマホをしていた智也が小石に躓《つまず》いたらしく、足元のそれを苛立《いらだ》たしげに蹴《け》っていた。思わず大毅と二人で顔を見合わせて、意外と気が短いのかもと囁き合う。

「あ、家に着いたみたいだ。なんか勢いで尾行しちゃったけど、そろそろ帰ろうか」

　簡素な造りのアパートの一階の部屋に智也が入っていくのを見て、二人は踵を返す。

「そうだな。ユミさんもあの美容院に行って彼に一目会えば、きっと成仏してくれるはずだ」

　さよならも言えずにお別れなんて寂しすぎるもんな、と爽磨は来た道を戻りつつ智也のアパートを振り返る。一階の角部屋の窓の奥にうっすらと明かりが灯《とも》った。彼の部屋はあそこなのかもしれない。

「――ふ、ふぎゃーっ！」

「うわっ」

瞬間、爽磨はここが屋外だということも忘れて大毅に飛びついた。大毅は軽くよろけたものの、爽磨の怖がりジャンピングハグに慣れているためしっかりと受け止めてくれる。

「なんだ、あの部屋⁉　俺の霊道マンションもびっくりの密集率じゃないか⁉」

衝撃的なものを見てしまった。見間違いだと思いたかったが、見間違えるにはダイナミックすぎる光景だった。智也のベランダの窓には、無数の霊がべったりと張りついていた。

「……やっぱりか」

さすがの大毅も驚いたのか、彼の身体は強張っており、頭上から絞《しぼ》り出《だ》すような声が聞こえた。爽磨を宥めてくれるはずの大きな手も、今回は動く気配がない。

大毅の匂いと体温でなんとか平常心を取り戻し始めた爽磨だが、まだ顔を上げるのは怖かったので、彼の肩に顔を埋めたまま口を開く。

「あそこも霊道なのか……？　まさかユミさんの呪いとかじゃないよな……？」

「霊道、ではなさそうだな。ユミさんが人を呪えるレベルの怨霊《おんりょう》だったら近寄ってきた時点でわかるし、それもないと思う。……あ！　あの部屋、盛り塩してる」

唐突な一言に、爽磨は思わず大毅に顔を向ける。ベランダの窓から見える室内に、何か所か盛り塩がしてあるらしい。

「盛り塩してるなら、除霊できるはずじゃないのか」

「いや、前にも言っただろ。ああいうのを素人《しろうと》判断でやるのはかえって危険だって。盛り塩だって手軽なイメージがあるけど、実際は結界の一種なんだ。部屋の中にすでに霊がいる状態でやれば霊を閉じ込めて出られなくすることになるし、置く場所を間違えると逆に家の中に不吉なものを溜め込むことにもなる」

つまり、なんらかの霊現象に見舞われた智也が手あたり次第に盛り塩をし、部屋の中にいる霊を閉じ込めてしまったのではないか、と大毅は予想を口にした。しかも鬼門と裏鬼門の方角にあたる場所に盛り塩を設置してしまったのか、たまたま入ってきた霊まで出られなくなり、霊がどんどん溜まっていくという幽霊ホイホイ状態を作り出している可能性まであるという。

「悲惨《ひさん》すぎる……」

「……爽磨、大丈夫？　歩ける？」

「あ、歩けるし！　ちょっとびっくりしただけだし」

「そっか、じゃあ帰ろう」

どこか急いだ様子で歩き出す大毅に違和感を覚えた爽磨だが、ふと気になって大毅の服の裾を摑んで引き止める。

「どうした？」

「あの、あそこに閉じ込められた霊たちを出してあげた方がいいんじゃないか……？　智也さんも大変だろうし、霊だって密集しすぎて狭苦《せまくる》しいだろうし」

具体的な策はまだ思いつかないけれど、あれでは智也も霊たちも気の毒だ。だからこの状況をどうにかできないか一緒に考えてほしい——そんな期待を込めた眼差しを送った爽磨だが、振り向いた彼を見て口を噤んだ。彼の瞳の奥に、苛立ちの色が浮かんでいる。

「どうやって？　面識もないのに急に訪ねて行って、盛り塩をやめろとでも言うのか？　俺たちが今やるべきことはユミさんの成仏であって、必要以上に干渉《かんしょう》するのは違うだろ」

「ご、ごめん……」

大毅の強い口調に身を竦ませた爽磨は、なんとか謝罪を口にした。付き合う直前に誠を挟んで喧嘩をしたときよりも、ずっと彼の心が波立っているように感じる。

「……いや、俺も言い方がきつくなってごめん。もう時間も遅いし、早く帰ろう」

苦い顔をした大毅は戸惑う爽磨の手首を引く。

——たしかにユミさんを成仏させるのが最優先だし、今言うべきことじゃなかったかな……。一緒にいい策がないか考えられたらと思ったけど、俺の言い方が大毅任せに聞こえたのかも。

彼を怒らせてしまった原因を考え、反省しながら足を動かす。よくなかった点は多々あるけれど、でも、と少し前を歩く彼の背中を見つめる。

いつもの大毅なら、捻くれ者の爽磨に「斜め上のお人好し」などと言っては、呆れつつも愛おしげな笑みを向けてくれた気がする。実行するかどうかは別として、決して最初から突き放すことはせず、まずは爽磨の言葉に耳を傾けてくれた気がする。

その考え自体が彼への甘えだと言われてしまえばそれまでだが、出会った頃からしていたやりとりができなくなってしまったことが、寂しかった。摑まれた手首から彼の体温は伝わってくるのに、早足で歩く彼の隣に寄り添うことはできなくて、それが二人の心の距離のようで焦《しょう》燥《そう》が募《つの》る。

道中も爽磨はどうしたらいいかわからずアスファルトばかり見つめていたし、大毅はスマホで調べ物をしていたので、二人はほとんど無言だった。

帰宅すると大毅は早々にユミの前に立ち、今日得た情報を伝えた。矢継ぎ早に話す彼は、やはり気が急《せ》いているように見える。

【ありがとうございます……まだお話を聞いただけなのでピンと来ないのですが、これで成仏できるんですね……】

爽磨も大毅の腕に触れてユミの表情を見る。深々と頭を下げた彼女は安堵の表情を浮かべている。亡くなったうえに成仏もできず、とても不安だったのだろう。よかったね、と目で伝えると、彼女は嬉しそうに頷いた。

「ちなみにこれが彼の勤める美容院のホームページ。スタッフの顔写真も載ってるし、これを見れば少しは思い出すかな。明日、営業時間になったらそこに行って、彼に一日会えれば成仏できると思う。場所がわからなくて彷徨《さまよ》いそうなら俺が同行するけど」

大毅はてきぱきとスマホを操作して、画面をユミの方に向ける。帰り道で調べ物をしていたのは、美容院のホームページだったらしい。

【この人が、わたしの大切な人……？】

スタイリストの顔写真一覧の下の方に、アシスタントの顔写真も掲載されており、元カレ智也もそこで優しげに微笑んでいた。

爽磨は大毅の腕に触れていた手を、そのままそっと絡ませる。思えば昨日からユミの問題で頭がいっぱいになっていたけれど、その直前に大毅は何か気がかりなことがあると言っていた。この件が解決したら彼の話を改めて聞いて、少し開いてしまった心の距離を縮めよう。ちょっと怖いけれど、自分たちなら大丈夫なはずだ。

【違う……】

不意に、部屋の気温が下がった。

「え……？」

背中に氷が触れたみたいに、ぞくりと嫌な感じの悪寒が走る。差し出されたスマホの画面を凝視していたユミは、目を見開いたままぶつぶつと何かを呟き始める。

【この人は、わたしの大切な人じゃない。この人じゃない。こいつじゃないこいつじゃないこ

いつじゃないこんなやつじゃないこんなやつじゃないこんなやつじゃない――】

「爽磨！」

全身の血液が凍ったような感覚に陥《おちい》って、突然呼吸が苦しくなる。大毅の叫び声がなぜか遠くに聞こえる。声が出ない。唇だけで大毅の名前を呼ぶと、彼には伝わったのか強く抱きしめてくれた。

「お前、ふざけるなよ。悪気があろうとなかろうと、爽磨に何かあったら俺はお前を絶対に許さないからな！」

怒りを露《あら》わにする大毅の声が、急にクリアに耳に届いた。いつも爽磨を安心させてくれる高めの体温に、徐々に身体の機能が回復していく。一方、彼の激昂《げっこう》により正気に戻ったユミは、大毅の腕の中で青い顔をする爽磨を見て自分が何をしたか理解したらしく、申し訳なさでいっぱいの表情をしている。

「大毅、俺、大丈夫だから」

「無理するなって。ほら、俺に摑まって」

爽磨は一人で立とうとしたが、貧血を起こしたみたいにふらふらしてしまい、大毅に抱えられてベッドに横たえられた。

「ユミさんの昂《たかぶ》った感情に中《あ》てられたんだ。少し休んだ方がいい」

どうして彼女はあんな状態になったのか。もう大丈夫なのだろうか。大毅はなぜ泣き出しそうな顔をしているのか。彼もダメージを食らったのではないか。

「大毅は、平気……？」

目元を大毅の手でそっと覆われて眠るように促された爽磨が、目を閉じる直前に問うた声に、返事はなかった。

＊＊＊

ベッドに腰かけて爽磨《そうま》の寝顔を眺めながら、大毅《だいき》は項垂《うなだ》れていた。時計の秒針の無機質な音が部屋に響く。

「俺のせいだ……」

ユミは爽磨に霊障を与えてしまったことを反省し、離れたところからこちらを心配そうに窺《うかが》っている。先程は爽磨を守るために怒鳴ってしまったが、正気に戻ってからの彼女の様子から察するに、おそらく悪意はなかったのだろう。

大切な人に会いたいというのがユミの願いだった。「この人じゃない」という彼女の言葉の通り、大切な人＝元カレの智也という前提が間違っており、その落胆《らくたん》が彼女の中の悪感情を暴走させてしまったのかもしれない。

解決間近だと思っていた問題が振り出しに戻った事実に目の前が暗くなる。だって、これはユミの問題だけではないのだ。なぜなら爽磨は――。

「大毅……？」

三十分ほど眠っていた爽磨が、ぼんやりと目を開けてこちらを見ている。いくらかよくなった顔色に安堵しつつ、普段より弱々しい声色に胸が痛くなる。

「ん」

もそもそとタオルケットから出した両腕を広げた彼は、物言いたげな瞳をしている。長い睫毛に縁どられた、くっきりした二重《ふたえ》の双眸《そうぼう》は「不安だから抱きしめて」と訴えてくる。

けれど、大毅は応えられなかった。

「爽磨、ごめん。これ以上俺と触れ合ったら、心を通わせたら、爽磨はもっと怖い目に遭《あ》うかもしれない」

「……どういうこと？」

「爽磨は多分、俺と同じ霊感体質になりつつある」

「へ？」

驚いて身を起こす爽磨に、大毅は長く息を吐いてから向き直る。恋人同士になって以降、関係を深めるにつれて、爽磨に兆候《ちょうこう》がないわけではなかった。

「昨夜は話が途中で終わっちゃったけど、気がかりなことがあるって言っただろ。それが、爽磨の霊感についてのことだった」

「俺の霊感……?」

「同棲を始めた初日、まだ八月なのに爽磨に静電気が発生してたよな。あのときは何も思わなかったけど、霊が電化製品に影響を及ぼすのと同じように、霊感が強い人は電子の流れに敏感になることがあるんだ」

訝《いぶか》しげに眉を寄せる爽磨に、大毅はなるべく冷静に言葉を続ける。

「秋服を買ったデートで、爽磨が『視線を感じる』って振り向いた先にあったゴミ袋の周りには、実は浮遊霊がいた。あのときはあんまり深く考えなかったけど、今思えば爽磨は無意識に霊の視線を感じてたんだと思う」

「ひっ」

爽磨はぞっとしたのか、大毅の腕を掴んだ。怖がりな彼の指先は冷たくなっており、すぐにでも抱きしめて宥めてあげたいのに、大毅にはそれができない。

「俺と恋人同士になって、心で寄り添うだけでなく身体でも俺を受け入れる準備が進むにつれて、爽磨は霊を持ち帰ることが増えたよな。最初は本当に、爽磨が芸能人並みに人目を引くから霊も寄ってくるんだと思ったけど、それだけでは説明がつかないような気がして……いろいろ考えてるうちに、俺も幼い頃に霊感をコントロールできずに、やたらと霊を誘《おび》き寄《よ》せたことがあるのを思い出したんだ」

そこで初めて大毅の頭に、爽磨の霊感が自覚しつつあるのではないかという疑惑が浮上した。

「たまに考え事をしてたのはそれだったのか……」

「でもそのときは、まさかな、と思ってたんだ。そんなことはあり得ないって。だって、今まで一緒にいる人たちに――恋人にも、友達にも、家族にさえ、霊感体質が伝染したことは一度もなかったから」

だから下手にそんなことを言って爽磨を怖がらせてはいけない、と自分に言い訳をして、考えることを先延ばしにしていた。

それでも一度生まれた疑惑は払拭《ふっしょく》できなくて、霊道マンションに戻ると言い出した爽磨を必死に引き留めたり、最後まで抱いたらより深い繋《つな》がりができてしまうかもしれないと思って、昨夜は彼の誘いも中断させてしまった。

あり得ないと思いつつ、そんなふうに中途半端な態度になっていたのは、ただただ彼を手放したくないから、気付かない振りをしていただけなのかもしれない。

「だけど今日、智也《ともや》さんの家の前で爽磨が叫んだときに、疑惑が確信に変わった」

「……あのとき怒ってたのは、俺が他力本願な言い方をしたからじゃないのか？」

「爽磨が斜め上のお人好しを発揮するのなんて今さらだろ。無闇に霊に関わらない方がいいのは事実だけど、爽磨のそういうところも含めて好きになったしね」

お人好しって意味わかんない、と口を尖らせる姿も愛おしいけれど、彼を好きだと思えば思うほど、比例して胸が苦しくなる。

「それに、怒ったわけではないよ。ただ動揺して、とにかくその場から離れたかった」

「たしかにあの部屋の霊の多さは尋常じゃなかったもんな……」

「そうじゃなくて……爽磨は俺と触れ合ってる状態のときだけ霊が見えていたはずだろ？　なのに、あのときは智也さんの部屋の霊を見て叫んでから、俺に触れたんだ」

小首を傾げていた爽磨は数秒後、ようやく理解したらしく大きく目を瞠《みは》った。

いつも大毅にどこかしらが触れた状態で霊を見て叫んでいた爽磨だが、今日は順番が逆だった。彼は大毅と離れて歩いているときに、一人で霊を目撃して叫んでから、大毅に飛びついてきた。そこで大毅は、爽磨に霊感が芽生えたことを嫌でも確信せざるをえなかった。

誰かに霊感体質が伝染したことなど一度もないけれど、思えばここまで大毅の心に寄り添ってくれた人も、一つになりたいと願った相手もいたことはなかった。そんな爽磨だからこそ、大毅からなんらかの影響を受けたとしても不思議ではないのに。

「そうだったのか……全然自覚してなかった」

「今のところは常に一人で霊が見えるわけではなくて、何かのきっかけで波長があったときだけ見えるんだと思う。だからこれ以上、爽磨を霊と関わらせたくなくて、ユミさんの成仏を急がなきゃって思ったんだけど――『大切な人』が間違っていたことで彼女の気持ちが昂ぶって、爽磨が霊障に苦しむことになった」

霊感のある人間は感覚が敏感になり、霊の影響を受けやすい。よく心霊スポットで肝試《きもだめ》しをすると第六感が鋭い人だけ具合が悪くなることがあるが、それと同じ原理だ。

大毅自身は成長するにつれて霊感をある程度コントロールして防御《ぼうぎょ》する術《すべ》を身に着けたけれど、子どもの頃はよく霊障に見舞われて熱を出していた。

「俺が爽磨の霊感に影響を与えてるんじゃないかって考えは頭のどこかにあったはずなのに、何も伝えないまま結局こんなことになって……本当にごめん」

「だ、大毅が謝ることじゃないだろ」

頭を下げる大毅に、爽磨は困ったように眉を下げて首を横に振った。

「でも、そうか、俺に霊感が……。俺、これからどうすればいいんだ……？」

掠《かす》れた声で呟いた爽磨は、やはり不安げな顔をしている。人一倍怖がりなのに霊が見えるようになってしまうかもしれないなんて、人生が変わるレベルの非常事態なのだから当然だ。

——俺といることでよくない影響が出るんだから、やるべきことは一つだ。

答えはとっくに出ているのに、なぜか上手く言葉にならなかった。

今までは友達でも恋人でも、価値観や性格の違いから一緒にいることに不都合が生じたら、お互いに無理をしてもいいことがないからと冷静に離れる判断ができた。大毅に触れると霊が見えてしまう人は爽磨以外にも稀《まれ》にいたが、そういう場合は相手から速攻で離れていった。

けれど、爽磨は優しい。言動は素直ではないけれど心根が綺麗で、こちらが心配になるほどに優しい。だから、どんなに好きでも、大毅が自分から離れるしかない。大毅は腕に触れてくれていた彼の手を取り、そっと下ろさせる。

「……今ならまだ、俺と離れればなかったことにできるかも」

「は……？　どういうことだよ」

目を見開いた爽磨が、震える声で問い返してくる。

「常《つね》に単体で霊視できるレベルになったら手遅れだけど、今はまだ途中の段階だから、霊感体質の俺と離れて、霊のいない場所で過ごせば、なかったことにできるかもしれない」

「大毅と離れるって……俺と一緒にいてくれないのか……？」

「一緒にいたら、きっと俺の霊感に影響されることになる。予定より少し早いけど、なるべく早く引っ越した方がいい。爽磨は嫌がるだろうけど、費用も一時的に俺が工面するから」

「そういう問題じゃないだろ……!?　どうしてそうやって、一人で決めちゃうんだよ」

爽磨の綺麗な瞳に、みるみる涙が溜まっていく。泣きそうな彼の顔を見て、今となっては懐かしい記憶が――子ども霊とシャボン玉で遊んだ夜に、彼の涙が流れないよう祈り、彼への恋心を自覚した日のことがよみがえってきた。

今でも愛する人には自分の隣で安心して幸せを感じていてほしいと思うけれど、それが叶わないこともあるんだな、と大毅は俯いて唇を噛み締める。

【ま、待ってください……今日はわたしのせいでいろいろと混乱されていると思うんです……だから、どうか落ち着いて話し合いを……】

爽磨は今は波長が合っていないのか、ユミの姿が見えていないらしい。焦る彼女の声にも気付かず、ただ大毅を見つめている。そして申し訳ないけれど、大毅にも彼女を気にかけてやる余裕はない。

「霊道マンションから引っ越して、俺とも距離を置けば、霊的な問題に煩わされることもなく平和に生きていける可能性が高いんだ」

「平和に生きていけるって、なんだよ、それ」

「もちろん爽磨自身の美貌は変わらないから、俺が牽制できなくなる分、心霊以外のところは今より気を付ける必要があるけど——それでも俺といて霊感が強くなることの方が取り返しがつかないし、デメリットとして大きいから」

「デメリットとか、意味わかんないし……」

彼の瞳から、ついに涙がぽろぽろと零れた。痛々しい表情に涙を拭《ぬぐ》ってやりたくなる。

——爽磨のことを守れる、頼り甲斐のある彼氏になれると思ってたんだけどな。

たしかに自分は出会った当初の「人付き合いのスキルが壊滅的で霊道マンション住みの爽磨」にとっては頼れる存在だった。しかし霊道マンションからは引っ越せばいいし、今の爽磨は普通の人間関係を築けるようになってきている。

彼が会社の同僚たちと上手くやれていると知ったときは、素直に嬉しかった。霊感覚醒《かくせい》の疑《ぎ》惑《わく》が頭の片隅に浮上してからは、もしいつか自分と離れることになっても大丈夫なのだという考えが過って微かに切なさを感じもしたけれど。まさかこんなにも早くそのときが来るとは思わなかった。

「俺は、大毅と離れたくない。ずっと一緒にいたいのに、そんなこと言わないでくれよ」

爽磨の言葉に心が揺れる。しかし果たして大毅と一緒にいることが、今の彼にとって、そして未来の彼にとって幸せだろうか。そう考えたときに、決して首を縦には振れない自分がいる。

「ごめん……『すべてのものから爽磨を守る』なんて言って告白したけど、俺といること自体が爽磨のためにならないんだ」

【あの、お二人とも、待って……少し冷静になって……】

「俺のためとか、デメリットとか、俺はそういう話をしたいんじゃなくて」

「わかってくれ、爽磨のことが大切だから言ってるんだ」

爽磨の整った顔がくしゃっと歪《ゆが》む。大毅はそれを見ていられなくて目を逸らした。心も視線もすれ違ったまま、虚《むな》しく言い合う声が部屋に響く。

「今はつらくても、別れるのが一番なんだ——」

拳《こぶし》をきつく握りしめた大毅がその言葉を口にした瞬間、部屋にぶわっと風が吹いた。

【こんなに想い合ってるのに別れるなんて……ダメです、どうしよう、二人とも話を聞いてくれないし、あぁもう、待ってって言ってるでしょ——!】

「は⁉」

別れ話をする二人の周りをおろおろと彷徨っていたユミは、何を思ったのか手に持っていた粋久菜《いきくさい》の袋を大きく振りかぶり、ベッドの近くの棚に投げた。実体はないものの霊力をまとったそれはペンケースを弾《はじ》き飛《と》ばし、ばらばらと文具が床に散らばる。

「なななななんだ!?　うわっ、ユミさん!?」

驚きすぎて涙の引っ込んだ爽磨が飛びついてきて、大毅はうっかり彼を抱きとめた。馴染んだ感触に、場違いにも荒《すさ》んだ心が癒《いや》されてしまうのだから重症だ。

近くにあるティッシュの箱や本が、ユミのポルターガイストにより手当たり次第に飛んでくる。先程のように悪感情からくる暴走ではないので、悪寒がするような嫌な感じはしないが、物理的に危ない。

ひゅんひゅんと飛び交う雑貨に当たらないよう、大毅が爽磨の頭部を守ろうと引き寄せたのと同時に、爽磨が両腕で大毅の頭をホールドしようとしてきた。予想外の動きにバランスを崩した大毅は中途半端な体勢でどうにか爽磨の頭を支え、彼に覆いかぶさる形でベッドに転がる。

そこでようやくポルターガイストも止まり、空中に浮いていた書籍の角が大毅の肩に直撃した。結構痛い。爽磨に当たらなくてよかった。

これは痣《あざ》になったかな、と顔を顰《しか》めながら、大毅はくっついている爽磨ごと身を起こす。そこで大毅の首から上をホールドしたままの爽磨が、思いのほか鋭い声を出した。

「物を飛ばすのは危ないだろ、大毅に当たったたじゃないか！　霊だからって、やっていいことと悪いことがあるぞ！」

どこか気の抜ける怒り方が彼らしいなと思ったが、そんなことよりも、いつも霊を見ただけで叫んでは大毅に宥められていた爽磨が、今もポルターガイストを怖がっていたはずの爽磨が、その根源であるユミに対して恐怖ではなく怒りを露わにしていることに衝撃を受けた。

「そ、爽磨……？　ポルターガイスト、怖くないのか……？」

大毅がポカンと開けていた口をなんとか動かして問うと「別に怖くないし！　いや、怖いけど！」という優柔不断な答えがきっぱりと返ってくる。

「どっちなんだ……」

「そりゃまあ正直、霊は怖いよ、ちょっとだけな！　それでも、恋人を怪我させられたら怒るに決まってるだろ！　ユミさんも一体どうしてこんなことをしたんだ！」

珍しく怒り心頭の様子の爽磨の背を擦って宥めながら、大毅はユミが自分たちの別れ話を中断させようとしていたことを伝える。爽磨には声が届かず、大毅はまるで耳を貸してくれなくて、このままでは二人が別れてしまうと考えてテンパってしまった、と本人も深々と頭を下げている。

「そうだったのか……それは気付かなかった俺も悪いし、無視した大毅も悪いな。というか、むしろ助かった。ハードカバーのビジネス書を飛ばすのは若干やりすぎだけど」

爽磨は大毅の頭を抱えていた両腕の力を少し緩め、今度は至近距離から全力でムッとした顔

を大毅に向けた。美形が凄《すご》むと、やはり迫力がある。

「大毅、よく聞けよ。たしかに俺は心霊現象が、その、決して得意ではないから、大毅に助けてもらってる部分が多いけど——俺は大毅が守ってくれるからとか、霊道マンションに一人でいたくないからとか、そんな理由で大毅と一緒にいるわけじゃないからな。大毅のことが大好きで、大事だから一緒にいるんだぞ！」

美しい切れ長の二重が、まっすぐに大毅を見据《みす》えている。

「それに仮に大毅といることで俺が霊感体質になるとしても、人間界が悪人ばかりではないのと同じで心霊界も悪霊ばかりじゃないってことを俺はもう知ってるし、霊感体質の大毅の感覚をちゃんと理解できるって意味でも、俺たちの関係を全部なかったことにするほど悪いことではないと思う。だから、大毅が俺のことを好きでいてくれるなら、この関係を諦《あきら》めないで、一緒にどうやって乗り越えるかを考えてほしい」

そうだった、と大毅は目の前の綺麗な瞳を見つめながら思った。

爽磨はお人好しで優しくて、大毅だけでなく自分を怖がらせた霊にすら寂しい思いをさせないような、温かな心の持ち主——というだけではなかった。

モテすぎて恋愛不信という他者からの理解を得にくいタイプの厄介《やっかい》ごとに散々巻き込まれてきた彼は、人も物事も見る角度によってまったく違う形をしているということを、身をもって知っていた。

怖がりですぐに毛を逆立《さかだ》てる一方で、彼は出会った当初から大毅の近くで何が見えるのかを一緒に見ようとしてくれていた。わからないだとか不気味だとか、そんな理由で目を逸らしたりはしない、そういう強さを持っていたではないか。

「爽磨、ごめん。俺、爽磨のことをひたすら庇護《ひご》対象みたいに扱って、爽磨を守ることで頭がいっぱいになってた。今まで俺は、他人とは適度な距離でそれなりにってタイプだったし、霊感に関してはわかってもらえないことにもどうにもならないことにも慣れて、無理なら最後には諦めるしかないって考える癖《くせ》がついてたのかもしれない」

正直に伝えたら、爽磨は怒ったように頬を膨らませた。それでも彼の手はぎこちなく大毅の髪を撫でてくれていて、愛おしさが募る。

「一番大切にしなきゃいけないはずの、爽磨が俺を愛してくれる気持ちや、俺が爽磨を好きだって気持ちをないがしろにして、独り善《よ》がりになってた。でも、それじゃダメだよな。俺だって爽磨を手放したくない」

ちゃんと視線を合わせて伝えると、爽磨は満足そうにフンッと鼻から息を漏らし、次いで「あ」と目と口を丸く開いた。

「え、どうした——うわっ」

大毅の頭に腕を回したまま、爽磨はなぜか後ろに倒れた。大毅は咄嗟に彼の後頭部を手で支えつつ、つい先程ポルターガイストが起きたときのように彼に覆いかぶさる。

「なぁ、大毅。今、安心したら閃いたんだけど、さっきの俺たちの体勢って……俺は大毅の頭を守りたくてこうして両腕で抱えたけど、大毅も俺を守ろうとして頭を押さえてくれたよな」

爽磨の言葉に、大毅はハッとする。自分たちは互いの頭を守り、髪を摑んで——まるで揉み合ったような体勢でベッドに転がっている。

「ユミさんと親友が、争ったんじゃなくて、互いを庇《かば》い合《あ》って転落したんだとしたら——」

「ユミさんの大切な人は、親友かもしれない」

元カレの智也が彼女たちを突き落としたのか、それとも不幸な事故だったのか、詳しいことはわからない。しかしいざというときに咄嗟に命を賭《と》して助けようとするくらいには、ユミにとって親友は大切な存在だったのではないだろうか。

「それに今さらだけど、元カレとこれから復縁しようってときに、あんまりにんにくモリモリの餃子を買って帰らないよな」

人によるとは思うが、マナーを気にする彼女はそういうタイプには見えない。大毅に抱き起こされた爽磨も同じことを考えたのか、ベッドにちょこんと座って頷いた。

「むしろユミさんは金曜の夜に親友と宅飲みをする約束でもしていて、その直前に元カレがアポなしで訪ねて来たって考えた方が自然かも」

真面目な会社員が週末に宅飲みの女子会ではっちゃけて、思いっきりにんにく料理を食べてストレス解消、というのは珍しくはない気がする。大毅の姉も彼氏がいない時期は、女友達と自宅でえげつない量の酒と下世話な話に花を咲かせていた——らしい。恐ろしくて詳細は聞けなかったけれど。

「でもその親友も亡くなってるなら、すでに成仏しちゃったかもしれないぞ。仮にまだだとしても、ユミさんだって今は縁もゆかりもない大毅の部屋にいるわけだし、同じように全然関係ない場所にいたら見つけ出すのは難しくないか……？」

眉間に皺を寄せて唸る爽磨に、大毅は首を横に振った。もし大切な人＝親友説が正しいとしたら、親友のいる場所は一つだ。

「転落現場に智也さんがいて、親友が何かに怒っていたのは確かなんだろ。だとしたら、彼女は智也さんの部屋にいるよ」

「霊体になった親友がユミさんを置いて、智也さんを追いかけたってこと？　でもそれだと、お互いを庇い合うくらい大切に想ってたっていうのと矛盾《むじゅん》しないか？」

「多分、好意じゃなくて、怒って追いかけたんじゃないかな。俺、さっきユミさんの霊障で爽磨が倒れたとき、悪意があろうとなかろうと爽磨を傷付けたら絶対に許さないからなって心底怒りが湧いたんだ」

「そんなに怒らなくてもよかったんだぞ……びっくりしたけど、もう回復したし」

少し困ったような顔で照れる恋人の頬を撫でながら、大毅は苦笑を浮かべる。

一時的な霊障だと頭ではわかっていても、彼女には彼女の理由があったとしても、そのときの大毅には関係なかった。大切な爽磨が苦しんでいる事実に目の前が怒りで真っ赤になり、気付けば怒鳴っていた。

「智也さんが現場にいたってことは、何らかの形で転落に関わっている可能性が高いだろ。ユミさんを守りそこなった親友の霊体が怒りのままに彼を追いかけたとしても不思議ではない」

「でももう数ヵ月は経つよな？　そのあいだに頭が冷えて、成仏するなりユミさんを探すなり……あっ」

首を傾げていた爽磨がハッと目を見開いた。彼が思い至ったであろうことを、大毅が引き継ぐ。

「多分、智也さんを自宅まで追いかけた親友の霊が、怒りに任せて何か一発かましたんだろう。すっかりビビった智也さんはネットで調べた除霊方法を試して変な結界を作って、通りすがりのいろんな霊と一緒に親友の霊も閉じ込めた——ってことじゃないかな」

「じゃあ、あそこに溜まりまくってる霊たちを解放すれば、ユミさんの親友も出てこられるかもしれない……！」

問題解決の兆しに顔を輝かせるユミと、気合いを入れてぐっと拳を握る爽磨に、大毅は頷いてから頭を掻いた。

「あのときは俺が余裕をなくして却下《きゃっか》しちゃったけど、爽磨の『閉じ込められた霊たちを出してやった方がいい』なんて斜め上のお人好し発言が、結局のところ解決の近道だったのか」

「だからその、斜め上のお人好しってなんなんだよ」

口を尖らせた爽磨が、不貞腐れた表情でそっぽを向く。すっかりいつも通りの空気が嬉しくて、大毅は彼の頬にキスをした。

＊＊＊

翌日、爽磨《そうま》たちは土曜の朝一番に智也《ともや》の勤める美容院を訪れた。ちょうど二人とも髪が伸びてきたところだったので、作戦のついでに仲良く並んでカットしてもらうことにする。

「どんな感じのスタイルがお好みですか？」

ベテランらしきスタイリストに聞かれて、爽磨は無言で大毅《だいき》をじっと見つめる。大毅の好みに合わせたいけれど、彼は好きな芸能人なども特にいないので情報が足りない。

「……あぁ、俺は爽磨の今の感じ、好きだよ」

数秒後、大毅は何かを察した顔で頬を緩め、爽磨の欲しい答えをくれた。

「ふーん……。イメージは変えずに毛先だけ整えてください」

爽磨は鏡越しにスタイリストに視線をやり、ツンと澄ました顔で注文する。隣の席に座る大毅は、口元に手を当てて「んっふふ」と変な声を出したあと、全体的にさっぱりしたい旨《むね》を伝えていた。

「そういえば彼、少し前に事故物件を引いちゃったんですよ」

「そ、そうなんですよー」

スタイリストにカットされながら、大毅が自然な口調で爽磨を指した。今日はこのために、ここに来たのだ。今は爽磨には見えないけれど、ユミも店の外でうろうろしながら待っている。

爽磨も本来の目的を果たすべく、たどたどしく相槌《あいづち》を打つ。

演技には自信がなかったものの、鏡の中の爽磨の顔面に見惚れるスタイリストたちは話の内容にはあまり頓着《とんちゃく》していない様子で、適当な感じで会話を弾ませてくれる。若干複雑な気分だが、作戦的には悪くない流れだ。

「しかも自己流で除霊しようとしたら、心霊現象が悪化して大変だったんだよな」

「そ、そうそう。ああいうのって、間違ったやり方をすると、逆効果になるんだなー」

こういった場所では自分の容姿が周囲の目を引く。普段は迷惑でしかないけれど、今日ばかりはありがたい。爽磨たちの担当以外のスタッフも店内のいたるところから、ちらちらとこちらに意識を向けている。

「あの……っ」

突如《とつじょ》、引き攣った声が聞こえた。隣の大毅がにやりとほくそ笑む。爽磨が軽く目だけで店内を見回すと、顔を真っ青にした智也が持っていたモップを床に放り投げて、店の出口に走っていくのが見えた。

「俺、用事思い出したんで早退します――！」

言い終わらないうちにドアを開けて外に飛び出した智也は、店長の制止の声も振り切って走り去っていった。


美容院をあとにした爽磨たちは、早速ユミを連れて智也の自宅に向かった。

「おぉ、出てくる出てくる」

隣を歩く大毅の視線の先を辿《たど》ると、解放された霊たちが智也の部屋の窓から百鬼夜行のごとく飛んでいくのが、爽磨の目にもうっすらと見えた。この近辺は大毅の言っていた波長とやらが合いやすいらしい。

しかしこれからはいちいち叫んで大毅を心配させないようにしなくては。なんとか絶叫を飲み込んだ爽磨だったが、ついビビって彼の腕に抱きついた拍子にくっきりと霊を見てしまい、結局叫ぶことになった。

「で、でもっ、触れても触れなくてもどうせ見えちゃうなら、こうしてた方がいいだろ！」

霊感が別れ話の原因になりかけたのは地味にトラウマなので、爽磨は彼が心配し始める前に先手を打とうと、彼の手をぎゅっと握る。

「別にビビってるわけじゃないけど、俺もこの方が安心だし、大毅も怖かったら握り返してくれてもいいし、迷子防止にもなるしっ」

素直になりきれず言葉をこねくり回す爽磨を、大毅はきょとんとした顔で見つめ、そのあと嬉しそうに破顔した。

「うん、爽磨、ありがとな。俺も怖いし、迷子になるといけないから、絶対に離さないでくれ」

付き合う前から爽磨の真意を汲《く》み取《と》る能力に長《た》けている彼は、たまに爽磨を想うあまりポンコツになってしまう勘も戻ってきたらしく、柔らかい笑みを浮かべて繋《つな》いだ手に力をこめてくれた。

【ユミ……！】

【——めぐみ！】

次々に出てくる霊の中から、女性の声がした。缶ビールが入った袋を提《さ》げた派手な顔立ちの女性の霊がこちらにやってくる。それを見るや否や、ユミも彼女の方に飛んでいく。

【わたしが自分で智也を追い払えなかったせいでこんなことになってごめんね、めぐみ】

【何言ってんの、これっぽっちもあんたのせいじゃないわよ。それにユミだってわたしを助けてくれようとしたじゃない】

ユミは親友と再会したことで無事に記憶を取り戻したようだ。二人は抱き合って泣きながら笑っている。

【——お二人にはこの子がお世話になったみたいで。ありがとうございました】

ふと爽磨たちに向き直っためぐみは、さばさばした動作で頭を下げた。

【わたしたちは同じ会社に勤めていて――】

めぐみは入社早々、強気な言動が災《わざわ》いしてお局様に目を付けられてしまったが、ユミだけは優しく公平な態度で接してくれて、一緒にランチをする仲になった。

一方で、それと同時期にユミはプライベートで智也と出会い、彼の優しい雰囲気に惹《ひ》かれて人生で初めての交際を始めた。しかし彼は自分の機嫌次第で暴言を吐いては罵《ののし》ってくるモラルハラスメント男で、心身ともに弱っていたユミに気付いためぐみが彼女の目を覚まさせ、智也を撃退してくれたらしい。

【彼女は、わたしにとって誰より大切な人なんです】

声を揃《そろ》えて言った二人の瞳には、恋愛だとか友情だとか、そういった言葉では括《くく》りきれない、尊い感情が宿っている。

【あの日は、自宅マンションの階段で待ち伏せしていた智也に復縁を迫《せま》られたんです。それでわたしが怖くて声を出せなくなっていたら――】

ちょうど週末恒例《こうれい》の二人きりの宅飲み女子会をしに来ためぐみが言い寄る智也を発見し、怒って摑みかかろうとした。しかし彼が後退ったことでめぐみの手は空を切り、そのままバランスを崩して、彼女を助けようとしたユミとともに互いを庇い合う形で最上段から落ちたという。

噂で聞いたときに痴情の縺れだと思わされためぐみの発言も、実際のところは、他の女性との関係が切れるたびにユミに復縁を迫る彼に「もうあんたたちはとっくに別れてるし、二度とユミに会おうとするな」と厳重《げんじゅう》注意をするためのものだった。

あとは大毅の予想通り、怒りのままに智也を追いかけためぐみは間違った盛り塩をされて部屋から出られなくなり困っていた、というのがすべての真相だった。

【転落に関しては突き落とされたわけじゃないし、わたしの過失だってわかってる。ついムキになって追いかけちゃったけど、悪霊になってまで復讐《ふくしゅう》しようとは思わないわよ。……それにあいつが部屋に閉じ込めた霊の中にすごいメンヘラな子がいて、今も盛り塩を撤去《てっきょ》したのに出て行く気配がないから、あのクソ男もしばらくはモラハラする元気も出ないだろうしいいかなって】

智也は少し気の毒だがユミを傷付けた分は反省すべきだし、大毅も「そこまでやばい悪霊ではなさそうだし、放っておいても問題ないんじゃないかな。多少は悪夢を見るだろうけど」と言っているので、爽磨も気にしないでおくことにする。

【では、わたしたちはこれで】

深々と頭を下げるユミとめぐみは、互いに荷物を持っていない方の手を繋いで消えていった。

彼女たちを見送った爽磨と大毅も繋いだ手は離さずに、帰り道を歩き出した。

「……ユミさんたち、成仏できたかな」

帰宅した爽磨は、玄関で靴を脱ぎながら、隣にいる大毅に問いかける。

「もう未練も晴らしたんだから、きっと大丈夫だよ」

「そっか。餃子は食べられるかな？」

彼女たちが手に持っていたのは本物の餃子やビールではなく、単にイメージが可視化されただけのものだったけれど、せっかく再会できたのだから二人で好きなものを食べられたらいい。そう思って口にしてみたが、大毅は少し悲しげに眉を寄せて首を横に振った。

「人間の欲求は生きるためにあって、死んでしまったら基本的には食欲もなくなる。あの餃子とビールもイメージでしかないから、飲んだり食べたりはできないかもな。本来、仏壇《ぶつだん》のお供《そな》え物《もの》なんかも、それを食べるというよりは、湯気や匂い、供えた人の気持ちを受け取っているみたいだし」

気の置けない親友と酒を飲みながらにんにくたっぷりの餃子を食べて笑う時間は、おそらく彼女たちにとって大切なひとときだったのだろう。だからこそ、二人とも霊になってまで手にそれらを提げていたのだ。そんな時間がもう戻ってこないのかと思うと少し切ない。俯いた爽磨は、不意に腕を引かれて大毅の胸に抱かれた。

「死後の世界が必ずしも不幸だとは思わないけど、人間には生きているうちでないとできないことがたくさんあるんだ。――だから俺はそのかけがえのない時間を、爽磨と一緒に過ごしたい。今日、彼女たちと爽磨のおかげで、素直にそう思えるようになった」

「大毅……」

「今後、俺といることで爽磨の霊感が増してしまう可能性があるのは事実だけど、俺はどうしても爽磨を手放したくない。打開策は考えるし、俺といることで生じるいいことも悪いこともひっくるめて爽磨を幸せにするから、これからも傍《そば》にいてほしい」

後頭部を撫でられて顔を上げた先には大好きな人の優しい笑顔があって、爽磨は胸がいっぱいになった。言葉にならなかったので、潤《うる》んだ瞳で愛情全部乗せの眼差しを送ったら、彼は「うん」と頷いて笑い、キスをくれた。

「ん……」

ちゅっちゅっと啄むように唇を吸われ、嬉しくてこそばゆい。彼の首に腕を回して抱きつくと、ひょいっと横抱きにされてベッドに運ばれた。

「こういうことも、生きてるあいだにいっぱいしたい」

「うん、俺も、大毅としたい」

互いの気持ちを確かめ合うように鼻先を擦り合わせ、唇を合わせて戯れる。重なった唇は次第に相手を求めて深くなり、気付けば爽磨は押し倒されて舌を激しく貪《むさぼ》られていた。

「んっ、んん」

シャツの裾から侵入してきた彼の熱い手は、爽磨の身体を快楽という火でじわじわと焙《あぶ》っていく。もどかしい愛撫に思わず身を捩《よじ》ると、両手首を掴まれてシーツに縫い付けられた。

「あっ……」

「……あんまりそういう顔すると優しくできなくなるぞ」

少し強引な彼の素振《そぶ》りに内心できゅんとしたのが表情に出ていたらしい。目を眇《すが》めた彼に怒られたけれど、直後に降ってきたキスはやっぱり優しい。

「爽磨、今日は最後までしてもいい？」

彼にゆっくりとズボンと下着を下ろされて、爽磨はこくこくと頷いて身を起こす。すっかり勃ち上がっている自身を晒し続けるのは恥ずかしいし、挿入するにも後ろを向いた方がいいと思って四つん這いの体勢になろうとしたが、なぜかもう一度仰向《あおむ》けに押し倒されてしまった。

「へ？」

「そのままでいいよ。このあいだはバックでしようとしたら、窓の外に老夫婦の霊を発見して中断になっちゃっただろ。今は一応何もいないはずだけど、爽磨の視界に俺以外が入るのは嫌だし」

「そ、そうか……」

「なにより、爽磨の色っぽい表情を一秒たりとも見逃したくない」

「なっ、それは嫌——あぁんっ」

真上から押さえ込まれた爽磨は、抵抗する間もなく性器を握られ、ぐしゅぐしゅと上下に扱かれて嬌声を上げた。寝室の電気は点《つ》いていないけれど、まだ外は太陽の出ている時間帯なので、カーテンから漏れる光で部屋は薄明るい。しどけなくよがる顔も、蜜を零して震える屹立も、彼は食い入るように見つめてくる。

「あ、あっ、大毅、出る……っ」

「ダメだよ、爽磨。あー、やばい。可愛い。この姿、何時間でも見続けたいな」

彼から与えられる快楽と羞恥によってあっという間に高められた爽磨が下肢を痙攣させた瞬間、彼は不吉なことを言いながら、爽磨の根元をきつく握って絶頂をせき止めた。

「……っ、やっぱり大毅、こういうとき、意地が悪い」

「でもほら、後ろを解さないと」

「……ん」

涙目で睨んだら彼は甘いキスをくれたので、爽磨もおとなしく返事をすると、「心配だ……」とぼやかれた。

「心配ないぞ、ローションもあるし」

「心配なのはそこじゃなくて、キスで速攻懐柔《かいじゅう》されちゃう爽磨のチョロさ――」

「……別に、大毅以外とキスすることなんてないんだから心配ないだろ」

口を尖らせた爽磨の胸元に、突然大毅の頭が落ちてきた。

「うわっ、なんだよ」

「うううぅ」

空腹の犬のような唸り声を上げた彼は、爽磨の胸にぽすぽすと頭をぶつけ、何回かの深呼吸ののちに復活した。

「これ以上煽られると本当に大変なことになるから、もう唇はここ、な」

ローションを手に取った彼は、自分の唇で爽磨の口を塞いだ。よくわからないけれどキスをされて嬉しい爽磨はされるがままに彼の舌を受け入れ、夢中で彼の唇を食む。

「んっ」

「痛かったり怖かったりしたら言えよ」

とろけそうに甘い声で囁かれる心地よさに、爽磨の身体は弛緩《しかん》する。彼の指がローションをまとって爽磨の中に入ってくる。初めてのときは異物感が怖くてべそをかいてしまったけれど、今はもう腹の奥が愛しさで疼《うず》くだけだ。

「大毅、もう……っ」

彼はどこまでも丁寧に爽磨の身体を拓《ひら》いていく。もう絶対に挿入できる状態になっているはずなのに、それはそれは、とろ火でじっくり煮詰めるみたいに丁寧に。きゅうきゅうと彼の指を食いしめた爽磨が思わず腰を揺らすと、目の前の彼は欲の滲んだ瞳で笑った。彼は至近距離で、爽磨の焦れる表情を堪能《たんのう》していたらしい。

「……大毅のバカ、変態」

「ごめんって。爽磨があんまり可愛く乱れるもんだから。でも俺もそろそろ限界かも」

一度身体を離してズボンの前を寛《くつろ》げた彼は、熱い切っ先を爽磨の蕾に何度か擦りつけてから、ゆっくりと押し入ってきた。ぐぷりと飲み込んだ彼の怒張は指とは比べものにならない質量で、身体の内側が彼でいっぱいになったような感覚に陥る。

「……っ」

「爽磨、こっち見て」

反射的に息を止めた爽磨に覆いかぶさった大毅が、唇の触れる距離で吐息混じりに呼びかけてくる。爽磨が見上げた先では少しだけ息の上がった恋人が、灼熱《しゃくねつ》の愛情を滾《たぎ》らせた眼差しをこちらに向けている。

「俺に縋って、俺だけ見てて」

「ん……」

爽磨は彼の言う通り大毅の首に両腕を回して縋りつき、重ねられた唇に舌を蹂躙《じゅうりん》されながら、涙の浮かぶ瞳で彼を見続けた。こちらを射貫くような彼の獰猛《どうもう》な瞳と、身体の奥を貫く杭《くい》の両方に犯されているような感覚に、全身が快感でぞくりと粟立《あわだ》つ。

いつもの優しい彼も好きだけれど、今、欲のままに爽磨の中を暴こうとする彼も愛しくて、たまらない気持ちになる。

「んっ、あ、大毅……っ」

もっと一つになりたくて、爽磨は大毅の腰に脚を絡ませる。息を詰めた彼は爽磨の舌を強く吸い、腰をグラインドさせて容赦なく爽磨の弱い部分を突いた。

「まだイっちゃダメだよ」

「あぁっ、そこ、やだ、やだっ」

ぐりぐりと執拗にそこばかり刺激されて視界がスパークし、射精はしていないのに身体の内側の痙攣が止まらない。快楽を逃がしたくてぐずった声で抵抗したら、ふっと笑った彼に呼吸ごと奪われそうなキスをされた。苦しくて気持ちよくて、わけがわからなくなっているうちに、一度腰を引いた大毅が激しい抽挿《ちゅうそう》を始める。

「もう無理っ、だめ、出る……！」

何度も最奥《さいおう》を穿《うが》たれて、腹につくほど勃ち上がった屹立を震わせながら、爽磨は涙声で訴える。

「ん、いいよ、一緒に……っ」

掠れた声で許可をくれた大毅が爽磨の唇にがぶりと嚙みついた。それと同時に彼の大きな手が、解放を待ちわびて濡れそぼった爽磨の性器を扱く。

「――っ」

前と後ろの両方を刺激された爽磨は、我慢していた分、大量の白濁を自分の腹に散らした。

頭の芯が痺《しび》れるほどの絶頂に追い打ちをかけるように、大毅が爽磨の腹の一番深いところに熱い飛沫《ひまつ》を叩きつける。

「……っ、爽磨、好きだよ。ずっと一緒にいような」

「ん……大毅、好き……好き……」

絶頂の余韻の中をふわふわと漂《ただよ》いながら、爽磨は恋人の首筋に顔を埋めて頬を擦り寄せた。


「爽磨、何見てるんだ？」

「んー……」

一緒に風呂に入って全身をくまなく綺麗にされ、お膝抱っこで髪を乾かされ、口移しで水を飲まされた爽磨は、先日不動産屋からもらってきた物件資料をベッドに横たわって眺めていた。

「今夜は少し気温が下がるみたいだから、タオルケットかけような。ほら、頭こっちに乗せて」

「ん」

隣に寝そべった大毅はタオルケットを二人の腹のあたりまで掛けてから、爽磨に腕枕をした。

――大毅、楽しそうだ。

生き生きとした表情で髪を撫でてくる彼に、爽磨は「自立した素敵な恋人」を目指そうと空回っていた自分を思い出し、内心で苦笑した。

――もちろん、大毅に飽きられないように努力しようって気持ちは今もあるけど……。

しかし先程一緒に湯船に浸《つ》かりながらそれを伝えたところ、大毅は何を言ってるんだという顔で爽磨をまじまじと見て「そんなことより不意打ちで可愛いことを言うのを控える努力をした方がいいと思う。もう今後は自分を抑えられる自信がない」とよくわからないことを宣《のたま》った。

爽磨の世話が焼けるのなんて今さらだし、むしろ俺が一生面倒見るって決めてるんだから、おとなしくお世話されてなよ――甘いキスとともにそんなふうに言われては逆らうことなどできず、「爽磨は肝心《かんじん》なところはちゃんとしてるしね」と付け足してくれた彼に、爽磨は頷くしかなかった。

「あぁ、物件の資料を見てたのか」

指でつまんだ資料を見上げながら、そろそろ引っ越し先を決めて準備しないとなって」

「うん……次の給料が入ったら、そろそろ引っ越し先を決めて準備しないとなって」

――ずっとここにいるわけにはいかないけど、本音を言うと出て行きたくないんだよな……。

プチ同棲を始めてから、会社にいるとき以外は大毅とくっついて過ごすことに慣れてしまったので、大毅がいない家に帰る自分を想像できない。

「まあ、霊道マンションからなるべく早く引っ越した方がいいのは確かだしな」

あっさりと言う大毅につい恨《うら》みがましい視線を送ると、彼は軽く笑って爽磨の手から物件資料を奪い、床に放り投げた。

「でもさ、爽磨の霊感がこれから先どうなるかわからないし、いざというときにサポートできないのは心配だな。それに何より俺が爽磨と離れたくない。だから……物件を探し直すことになって申し訳ないんだけど、二人暮らし用の資料を、今度一緒に不動産屋にもらいに行かない？」

「……えっ」

なかなか言葉の意味が飲み込めず、しばらく脳内で咀嚼《そしゃく》した爽磨は、目を見開いて大毅の顔を見た。

「いいのか？」

「これから先ずっと一緒にいるんだから、当然。今度はほんとの同棲だね」

「ずっと一緒……！　同棲……！」

パァッと顔を輝かせた爽磨は、うっと呻いた大毅に引き寄せられる。

「ほら、もう、いちいち可愛い」

ぎゅうぎゅうと抱きしめてくる大毅の胸元に顔を埋め、大好きな匂いに包まれながら、爽磨は未来に果てしなく広がる幸せを噛みしめるのだった。

あとがき
AFTERWORD……幸崎ぱれす

こんにちは。または初めまして。幸崎《こうざき》ぱれすと申します。

悪霊不在ののほほんホラー、いかがでしたでしょうか。爽磨《そうま》が誰よりビビってくれるおかげでコミカルに仕上がった本作、怖いのが苦手な方にも楽しんでいただけたらいいなぁと思っております。

ツンデレ天然で怖がりな爽磨は、今後もことあるごとに大毅《だいき》に世話を焼かれること間違いなしですが、要所要所では大毅の心の柔《やわ》い部分をきちんと守る、素敵な恋人になるんじゃないかと思います。大毅も大毅で爽磨を甘やかすのがライフワークになりつつありますが、何かあったときは爽磨と二人、手を取り合って乗り越えてくれるはず。

ちなみに私自身はオカルトやホラーが大好きなのですが、深夜二時頃にどこからか木魚《もくぎょ》っぽい音が聞こえてきたことがあるくらいで、恐ろしい心霊体験をしたことは残念ながらありません。

イラストは憧《あこが》れの陵《みささぎ》クミコ先生に描いていただきました。もう、もう、最高でした！　ありがとうございます！　美しくてどこか猫っぽい爽磨と、イケメンで頼り甲斐《がい》のある大毅の姿に、何度も見惚《みと》れてしまいました。こんな華《はな》やかな二人が近所に住んでいたら、私は生霊になってついて行ってしまうかもしれません……。

さらに今回、紙書籍の帯に安西《あんざい》リカ先生のコメントをいただけることとなり、大変思い出深い一冊となりました。安西先生、お忙しい中引き受けてくださりありがとうございます！


浮遊霊のごとくふわふわしている私の手綱《たづな》を握り導いてくださった担当様に心からの感謝を。おかげさまで無事にこうして彼らの恋を世に送り出すことができました。

そして何より、いつも温かなお言葉をくださる皆さま、本書を最後まで読んでくださった皆さま、本当にありがとうございます。できればこれからもよろしくお願いします。ご感想などいただけたら、とても喜びます。

それでは、このたびは誠《まこと》にありがとうございました！

また次の本でお目にかかれますように。

一泊二日溺愛温泉旅行

ippaku futsuka onsen ryoukou

「あ、今週末、シルバーウィークだ」

風呂上がりの爽磨の髪の手入れを終えた大毅（だいき）は、ふとカレンダーを見て口を開いた。

「ほんとだ。なんか気付いたら九月に入ってたし、ばたばたしててそんなものがあることすら忘れてたな」

大毅にお膝抱っこされていた爽磨が、身体の向きだけ変えてこちらを見た。甘えたい気分なんだな、と察して頬を撫でてやると、彼は気持ちよさそうに目を細める。

「爽磨は連休にやりたいこととか行きたい場所とかある？」

「あっ……いや、特にない。家でゆっくりする」

一瞬パァッと顔を輝かせた彼は、カレンダーと不動産屋の物件資料に視線を落とし、少ししょんぼりと首を横に振った。

——どうせまた可愛い（かわい）ことを考えてるんだろうな……。

もはや一種の楽しみとなっている爽磨の思考解析をしようと、大毅は彼の美しい顔を眺める。

「……あぁー」

　およそ言いたいことがわかってしまった大毅が無念の声を上げたら、爽磨の耳がじわじわと赤くなった。

「俺は何も言ってないぞ」

「そうだよな、お盆にも俺を旅行に誘おうとしてくれてたもんな……」

「だから何も言ってないってば」

「でも今からじゃもう目ぼしいところは予約取れないよなぁ。まあ、家で二人っきりで過ごす連休ってのも俺は好きだよ」

「……俺、やっぱりお前、きらい」

　彼が大毅と旅行に行きたいと思ってくれていることは察することができたが、時期的に難しいかもしれない。直前でも予約できる宿はあるだろうけれど、初旅行で変なところに泊まることになったら嫌だ。それ以前の問題として、今のタイミングだと意外と真面目《まじめ》な爽磨は引っ越し資金のことが気になって十分に楽しめないような気もする。

　どちらにせよ今回は見送るしかないか――と思っていたら、突然玄関からばたばたと騒がしい音が聞こえ、タイトなスーツを着た長身の女性が飛び込んできた。

「ちょっと聞いてよ大毅！　あいつ、また仕事で――あら？」

「あ、姉貴……そういえば鍵《かぎ》、預けっぱなしにしてたっけ」

大毅の実の姉である里華《りか》は、同棲中《どうせいちゅう》の彼氏と喧嘩《けんか》をするたびに大毅の部屋に転がり込みに来る。大毅と同ジャンルの凛々《りり》しい顔に、残業明けでも崩れないきっちりしたメイクを施《ほどこ》した彼女は、まあまあ美人だがかなり迫力がある。

「えっ、なにこのイケメン……もしかして運命の出会い……？」

「絶対違うから。爽磨は俺のだから。爽磨、びっくりさせてごめんな。これ、俺の姉貴」

爽磨に見惚《みと》れて急に女の顔になった姉を全力で牽制《けんせい》してから、大毅の膝の上で驚愕《きょうがく》の表情のまま硬直してしまった爽磨の背中を撫でてやる。ハッと我に返った爽磨は膝から飛び退《との》いて正座し、おずおずと頭を下げて里華に挨拶《あいさつ》をした。

「え、何、俺のって。大毅あんた、男もいけたの？　というか、そんな怖い顔で牽制とかするタイプだったわけ？」

思えば大毅は姉の恋愛話を一方的に聞かされることはあっても、自分の恋愛話をしたことはほとんどなく、当然バイセクシャルであることも話していない。姉はあまりそういったことに偏見《へんけん》を持たない性格だが、さすがに驚かせてしまっただろうか。

しかし大毅が説明しようと口を開く前に、里華は大毅と爽磨の顔を交互にじっと見つめて、力強く頷いた。

「うん、まあ、超美形の義弟《おとうと》ができるならなんでもいっか。それよりこの匂い、わたしのヘアオイル？　こんなイケメンに使うなら先に言ってよ。今度もっと高いやつ持ってくるから」

姉のさばさばした性格のおかげか、爽磨の美貌《びぼう》のおかげか、実弟に男の恋人がいることに対する言及《げんきゅう》は予想以上に一瞬で終わった。里華の興味の矛先《ほこさき》はすでに大毅の性指向から爽磨本人に移っている。

あまりのあっさり感に拍子抜けしたものの、彼女が爽磨を気に入って構いたくなるのも頷ける。今の爽磨は持ち前の美貌に加え、恋人の姉という存在の前で妙にしおらしくなっていて、大変可愛い。

――いつものツン顔も可愛いけど、姉貴の前で耳を伏せた気弱な猫みたいになっている爽磨も可愛いし、俺の恋人は何をしてても可愛いな……。

うっかり脳内で惚気《のろけ》モードに入っているうちに、里華ににじり寄られた爽磨が軽く怯《おび》えだしたので、大毅はさりげなく彼らのあいだに入って恋人を背中に隠すことにする。

「いや、姉貴。爽磨との関係を喜んでくれるのは嬉しいけど、それはそれとして、一体何しに来たんだよ」

「そうそう、聞いてよ。シルバーウィークに彼氏と箱根《はこね》に行く約束してて、めっちゃいい宿も予約してたのに、仕事になったたって言われたの！　それで喧嘩になって、頭冷やしにここに来たんだけど――もしよければ、宿泊者名を変更しておくから二人で行ってくれない？　もちろんわたしと彼氏の奢《おご》りで！」

「えっ、いいのかよ。めっちゃいい宿、なんだろ？」

そんなに爽磨のことを気に入ってくれたのだろうか。妙に太っ腹な里華に聞き返すと、彼女はにやりと笑った。

「そりゃ、超絶美形の義弟からの好感度上げたいもん——それに大毅のこんな顔も初めて見るし、まあ、お祝いみたいなものよ」

こんな顔、のところで指で両目尻を下に引っ張ってだらしない顔をして見せた姉に、大毅は「そんな顔してないだろ」と言い返したものの、正直そんな顔をしていない自信はない。

「それじゃ、なんかいい気分だから帰るわ」

大毅と爽磨から感謝の言葉を受けた里華は、満足そうに彼氏の待つ家へと帰って行った。


……という経緯《けいい》があり、大毅たちはシルバーウィーク初日に箱根の高級温泉旅館を満喫《まんきつ》していた。

広大な敷地の中に十室程度の客室があるだけの贅沢《ぜいたく》空間に、趣《おもむき》を大事にしつつ利便性を兼ね備えた和洋室。部屋には大自然を見渡せるテラスが付いており、そこには岩造りの露天風呂まである。一部屋に一つなので、当然貸し切りだ。庶民《しょみん》二人は敷地内の探索もそこそこに、結構なはしゃぎようで露天風呂を堪能《たんのう》した。

「——ふう、気持ちよかったなぁ」

「はい、お水」

湯上がりに浴衣姿《ゆかたすがた》でテラスの椅子に腰かける爽磨に、備え付けの冷蔵庫から取り出したペットボトルを手渡す。

「ありがと。……ちょっとのぼせたからな」

「う……」

照れ隠しに怒った顔を作る爽磨の上気した頬や首筋があまりに色っぽくて、大毅はさっと目を逸《そ》らす。

一緒に湯に浸《つ》かっているあいだ、多少の——爽磨が涙目になる程度のいたずらはしてしまったけれど、それでもなんとか理性は保ったのだ。必死に山々を眺めて凝《こ》り固《かた》まった股間《こかん》をリラックスさせることに集中し、いきなり抱き潰《つぶ》すことだけは我慢した自分を褒《ほ》めたい。

「まあ、あとでなら、続きしてもいいけど」

「爽磨……！」

「うわっ、今じゃない、あとでって言ってるだろ！　んん……っ」

浴衣から覗く鎖骨《さこつ》に吸いついたら、爽磨の双眸《そうぼう》はすっかりとろんとしてしまった。もうこのまま食べてしまおうか、という欲望がもたげたけれど、大毅は部屋の時計を見てぐっと堪《こら》える。もうすぐ夕飯が部屋に運ばれて来るのだ。

少し乱れた爽磨の浴衣を直しているうちに時間になり、座卓に豪華な会席料理が並べられていく。向かい合って座る爽磨の瞳がきらきら輝いている。

「うわ、まじで美味《おい》しい。姉貴に感謝しないと」

「ほんとに……これ、絶対に値が張るやつだ……」

二人して里華のいそうな方角に手を合わせて拝んでから、黙々と咀嚼《そしゃく》を再開する。美味しいものを食べているときは無口になるとよく言うけれど、今がまさにその状況だ。爽磨も幸せそうな顔でもぐもぐしている。

恋人の愛らしい食事シーンを鑑賞するのも楽しくて、ついじっと見つめていると、彼がちらりと大毅の方にある小皿に視線を動かした。

「ん？　これ、気に入ったのか？　俺のも食べていいよ」

特に大食らいでもない彼にしては珍しいな、と思いつつ刺身の載った小皿を手に取ると、彼は慌てて首を横に振った。

「そ、そうじゃない。ただ……綺麗に少しずつ盛り付けてあってすごいなと思って眺めてただけ」

「たしかに、芸術性すら感じるよな。さすが高級旅館」

並べられた料理は一つ一つが宝石のようで、小さな器に丁寧に収まって、大毅の分と爽磨の分が点対称の形で座卓に配置されている。

――これだけ綺麗だと、一旦《いったん》咀嚼を止めて眺めたくもなるか……あれ？

納得しかけた大毅は、爽磨の表情を見て首を捻《ひね》った。彼はなんというか、どこか恥ずかしげだ。

「あぁ……こういう料理ってしっかり分けられてるから、二人で半分ことかできないんだよな」

「……ほんと、勘がよすぎる大毅、きらい」

「今度また耕史《こうし》の店に行って、一緒に丼《どんぶり》アイスを分け合って食べような」

「……食べる」

耳を赤くして口を尖《とが》らせる彼に、大毅は小さく呻《うめ》く。座卓に並ぶ会席料理よりも、その向こうにいる爽磨の方が美味しそうに見えてきた。

翌朝、大毅の腕の中には膨《ふく》れっ面《つら》の爽磨がいた。

「腰が立たない……帰る前にもう一回露天風呂に入りたいのに……」

昨夜——夕飯のあとは一晩中、豪華な食事で摂《と》ったカロリーすべてを消費するようなことをしてしまい、朝になる頃には爽磨の下肢《かし》は生まれたての小鹿《こじか》のごとくプルプルになっていた。先に起きて露天風呂を満喫するつもりだった爽磨は、ベッドから下りるなり足元がおぼつかずに転がってしまい、その音で起きた大毅にジトッとした視線を送ってきたのだった。

「お、俺が抱っこするから！　一緒にゆっくり入ろうな」

「抱っこ……それなら、まあ……」

不承不承の表情で抱っこを所望する恋人の可愛さにひそかに震えながら、朝の澄んだ空気の中、大毅は彼を抱いてテラスを歩き、露天風呂に浸かる。

「そういえば、最初から俺は大毅に触れると霊が見える体質だったけど、今は波長が合ったときだけ俺一人でも霊が見える体質になったんだよな？」

「うん、そうだね」

大毅の胸にぴとっと頬をくっつけた爽磨が、上目遣《うわめづか》いにこちらを見上げてくる。

「それで、どうして一人で見えるようになった自覚がなかったんだろうって考えたんだけど……俺、会社以外では今みたいに大毅にくっついてることがほとんどなんだよな」

「……うん？」

「会社はたくさん人がいるし、今さら仕事中に心霊現象が起きることもないだろ。それに俺は基本インドアだから一人で出かける趣味もない。プライベートで何か出そうな雰囲気のときは結局大毅に飛びつくから、大毅に触れて霊が見えるのも俺単体で見えるのも結果的にあんまり変わらないというか、区別がつかなかったというか——俺にとってはそこまで大ごとじゃなかったのかも」

手を水面に当ててちゃぷちゃぷとお湯を揺らす彼に、大毅は目を丸くする。

「た、たしかに……」

爽磨の霊感に気付いたとき、大毅は霊感の増した彼が一人でいるときに怖い体験をするようになってしまうと思い焦《あせ》っていた。しかし、よく考えたら自分たちはそもそもプライベートの時間はべったりで、九割くらいは手を繋《つな》いだり腕を組んだり、どこかしらが触れ合った状態で過ごしている。屋外では多少は控《ひか》えているものの、実はたまに指を繋いでいたりする。

もはや仕事中以外で爽磨が大毅と離れている時間がほとんどない。本当に、呆《あき》れるほどくっついている。

もちろん二人が離れて過ごすわずかな時間のあいだに爽磨が心霊体験をしないように、対処法を考える必要はある。しかしそれ以外のところは、自分たちが普段から密着しすぎているおかげで、そんなに大きな変化はないのかもしれない。

――霊感体質になったら爽磨の人生が百八十度変わっちゃうと思って悲観的になってたけど、そもそも出会った当初から爽磨はビビるたびに俺にくっついて、結局霊を見まくってたもんな……俺はつくづく、爽磨のことになると自分を客観視できなくなるんだな。

苦笑する大毅に、彼が問いかけてくる。

「まあ、不安がまったくないわけではないけどさ。ちなみに大毅は霊感があって何が一番つらかったんだ？」

「普通に生きてて悪霊に遭遇することって意外とないから、霊とのあれこれでつらくなるようなことはそんなになかったかな。どちらかというと、子どもの頃から共感してくれる人がいなかったのがつらかったかも……でも、爽磨には俺がいるから心配ないよ」

濡《ぬ》れた髪を耳にかけてやると、爽磨は安心したように目を細める。

「もちろん、何でもかんでも見えちゃわないように霊感をコントロールする方法も、俺が教えるから大丈夫。これだけ俺と心も身体も通じ合ってるんだから感覚も共有しやすいだろうし、爽磨はコントロールを体得するのも早いかもな」

「ん。絶対速攻で体得してやる」

爽磨を手放したくないと腹が決まってから、大毅は前向きに解決方法を探せるようになった。これから先、ずっと一緒に暮らしていたら心霊以外でも問題が出てくることはあるだろう。喧嘩をしたり、関係に溝ができることもあるかもしれない。

けれど、大毅はもう二度と愛《いと》しい彼を諦《あきら》めようなどとは思わない。どんな問題も二人で考え、努力して乗り越える覚悟ができたから。

「そうだ、大毅。ロビーにお土産《みやげ》コーナーがあったから帰りに寄ってもいいぞ。お姉さんへのお礼に、何か美味しいものでも買って帰った方がいいだろ。……小さい雑貨とかもあったけど」

澄まし顔でもじもじする彼から、可愛い思考が伝わってくる。大毅はにやけた顔を抑えきれない。

「そうだな。姉貴へのお土産と、俺たちの初旅行記念のお揃《そろ》いグッズも買おうな」

「……っ、もう、風呂上がるっ」

「はいはい、抱っこで運ぶからなー」

頬を染めてぷいっとそっぽを向いた爽磨の背中に、大毅は優しく腕を回す。

——何をお揃いで買おうかな……爽磨の瞳が一番きらきらしたものを買おう。

大毅は恋人の可愛い願いを叶《かな》える算段をしながら、まだ照れ隠しで拗《す》ねた顔をしている彼をそっと抱き上げた。

この本を読んでのご意見、ご感想などをお寄せください。
幸崎ぱれす先生・陵クミコ先生へのはげましのおたよりもお待ちしております。

〒113-0024　東京都文京区西片2-19-18　新書館
[編集部へのご意見・ご感想] 小説ディアプラス編集部「１ＬＤＫ恋付き事故物件」係
[先生方へのおたより] 小説ディアプラス編集部気付　○○先生

- 初出 -
１ＬＤＫ恋付き事故物件：小説DEAR+22年ナツ号（vol.86）
１ＤＫ怪異付き同棲生活：書き下ろし
一泊二日溺愛温泉旅行：書き下ろし

[１ＬＤＫこいつきじこぶっけん]
１ＬＤＫ恋付き事故物件

著者：**幸崎ぱれす** こうざき・ぱれす

初版発行：2023年7月25日

発行所：株式会社 新書館
[編集] 〒113-0024
東京都文京区西片2-19-18　電話（03）3811-2631
[営業] 〒174-0043
東京都板橋区坂下1-22-14　電話（03）5970-3840
[URL] https://www.shinshokan.co.jp/

印刷・製本：株式会社 光邦

ISBN978-4-403-52579-7